お人好し底辺テイマーがSSSランク聖獣たちともふもふ無双する 2

A L P H A · L I G H T

大福金
daifukukin

アルファライト文庫

銀太
SSSランクのフェンリル。
伝説の存在の割に、
性格は天然。
ティーゴの『使い獣』。
ティーゴ
巻き込まれ体質の
心優しき魔物使い。
Sランク以上の魔物や
魔獣のみを使役《テイム》出来る。
スバル
SSSランクのグリフォン。
何かと大袈裟《おおげさ》に表現する。
ティーゴの『使い獣』。
Main Characters
登場人物紹介

カスパール
今は亡《な》き大賢者《だいけんじゃ》。
スバルとケルベロスの
かつての主で、
偉大《いだい》な功績《こうせき》を遺《のこ》している。
ケルベロス
ティーゴの『使い獣』。三つある頭が
分離して、今は別の個体として生活中。
人族に化けることも。
一号(暁)
自由闊達《かったつ》な
元気っ子。
二号(樹)
寡黙《かもく》ながら
頼《たよ》れる存在。
三号(奏)
天真爛漫《てんしんらんまん》だが
すぐキレる。
ティア
卵から生まれた
幼い聖龍。
ティーゴのことが
大好き。

プロローグ

「……んん？　もう朝か」

私は……夢を見ていたのか？　何やら懐《なつ》かしいような夢であった。

「……っ！」

頭が痛い、最近たまに頭が疼《うず》くのだ。

はぁ……これもきっと、七色の卵の強奪《ごうだつ》に失敗したからだ！

あと少しで邪竜が生まれてくるはずだったのに、エルフに卵を奪《うば》い返され……はぁっ、楽しみにしておったというのに！

今度は卵が人族の手に渡っただと？

何故人族から卵を奪い返せぬのだ！

人族など虫ケラであろうに！　虫ケラごときに魔族が負けるなどあってはならぬ！

「……くっ」

ああっ、頭が痛い！　イライラする！

「おいっ四天王を呼べ！」

「はい！」

私――魔王がそう言うと、そばに控《ひか》えていた部下が慌《あわ》てて四天王を呼びに行った。

四天王はただちに勢ぞろいすると、私の前に膝《ひざ》をつく。

「「「「魔王様、お呼びでしょうか？」」」」

「なに呑気《のんき》な返事をしておるのだ！　お前達、私を楽しませてくれるのではないのか？

私はつまらぬ毎日に飽《あ》き飽きしておる」

「ははっ！　魔王様を楽しませる余興《よきょう》なら、もちろん考えております！」

「そうですとも！」

「きっと満足してもらえると！」

「もう少しお待ちいただければ！」

四人は冷や汗を流しながら必死に弁明している。

「……ほう？　私を楽しませる余興があると？」

「「「「はいっ！」」」」

四天王達は床に頭を擦《こす》り付け、返事をした。

「では私は其方《そなた》達に期待して良いのだな？　四天王――いや、バフォメット、ベリアル、
ベルゼブブ、メフィストよ？」

「ああっ、このバフォメットめの名を呼んで頂けるなど、ありがたき幸せです！　私は必

ず一番の余興をご用意いたします！」

「いや！　このベリアルめが！」

「何を言う！　この私！　ベルゼブブこそが！」

「私！　メフィストめにお任《まか》せください」

四天王達が我先にとアピールしてくる。

その必死さがどうにもおかしく、私の苛立《いらだ》ちが少し晴れた。

「ははははっ、なら楽しみに待ってやろう。一番の余興をした者は、私の真の側近《そっきん》にしてやろう」

「「「ははっ！　ありがたき幸せ」」」

四天王達は深く頭《こうべ》を垂《た》れると、私の部屋を後にした。

1　暁《あかつき》トンネル

「ん……んん……ふぁーあ」

朝日が眩《まぶ》しい。もう朝か……？

モフッ……！

俺——ティーゴは、柔《やわ》らかいフェンリル——銀太の腹毛に顔を埋《うず》めた。今日の銀太布団も最高だな。ふわふわで気持ちいい。

ふと自分の腹を見ると、グリフォンのスバルがスヤスヤと気持ち良さそうに寝ている。

そして両脇《りょうわき》には黒犬が三匹、ピッタリくっついていた。それぞれ一号、二号、三号という名の、ケルベロスが分離した姿である。

みんなで寄り添《そ》っているから、外で寝てるのに汗ばむくらいだ。

俺はシシカ村で育った魔物使《ティマー》い。故郷の仲間と冒険者パーティを組んでいたけれど、どんな魔物も使役《テイム》出来ない俺は、雑用係としてこき使われていた。

そんなドン底の俺に、大きな転機が訪れた。銀太との出会いだ。

ランクがSSSな上に聖獣でもあるフェンリルが、なんと初めての『使《つか》い獣《じゅう》』となったんだ！

銀太を使役《テイム》したことによって、俺には「Sランク以上の魔物や魔獣しか使役《テイム》出来ない」という変な縛《しば》りがあったことが判明した。今でも理由はよく分からない。

こうして底辺を脱出した俺は、最低パーティとも決別し、自由気ままな旅を始めた。その中でスバルや一号達に出会い、結構な大所帯《おおじょたい》となっている。

スバルと一号達は、教科書にも載《の》っている偉人《いじん》・大賢者カスパール様に仕《つか》えていたって言うし……話のスケールが大き過ぎて、しょっちゅう俺は困惑してしまう。

でも、俺の作った料理を喜んで食べてくれるコイツ等の顔を見てると、振り回されるのも悪くないかな、って思うんだ。

みんな、これからもよろしくな！

「ん～～！」

俺は両手を上げ思いっきり背伸《の》びをすると、スバルを銀太の腹の上にそっと置いた。

さぁコイツ等が寝てる間に、朝ご飯作っとくか！

何を作ろうか……？　昨日銀太達が獲《と》ってきた、あの美味《うま》いワイバーンの肉を使いたいなぁ。

よし！　パンを焼いて肉を挟《はさ》む、肉サンドにしよう！

早速土魔法でパンを焼く窯《かま》を作って、と。本当に魔法は便利だ。一瞬で綺麗《きれい》な土窯《つちがま》が出来るんだから。

調理台の上でパン生地《きじ》をコネて形を整《ととの》えたら、生地をしばらく寝かせて……と、その間に挟む肉の準備だ。あとスープも作ろう。

ジュワ～……。

肉を焼いていると、いい匂いが漂《ただよ》い始める。

『……ゴクッ。むぅ……？』

『……ふぁ……？』

肉の焼ける匂いで、食いしん坊の聖獣達が目を覚《さ》ましてきた！　急ピッチで仕上げるぞ！　アイツ等が目を覚ましたら……。

『主～お腹《なか》すいた……！』

って言うからな……ん？

『主おはよー！』

食いしん坊銀太がもう起きてきた！

『おはよーティーゴ！　美味そうな匂いしてるじゃねーか！』

おっ？　スバルまで。ヤバイぞー、急いで完成させないと、お腹すいたってうるさいからな。

後は寝かせてたパン生地を、形を整えて焼くだけだ！

パンを特製窯に入れて焼く間に、スープの仕上げの味付けをしてっと。

『おはよーティーゴ！』

『ふぁぁ……おはよ！』

『おはよう』

黒犬姿の一号達が、短い尻尾をプリプリさせながら走って来た！

「おはよう！」

俺は一号、二号、三号達の頭を撫《な》でてやる。はぁ、可愛《かわい》いなぁ……この姿だと癒《いや》される。

三匹は普段人族の姿に化けていて、そっちは綺麗なお姉さんなんだ。
『主〜我も！』
モフッ！　一号達を撫でていたら銀太が俺の脇《わき》から頭を入れて来た！
くぅ……！　たまらなくなって、銀太の頭も撫でてやる。
ん……？
スバルが俺の肩に止まって、モジモジしていた。
『……俺の羽根もふわふわだぞ！』
「プッ！」
思わず噴《ふ》き出した。
何だ、スバルも撫でて欲しいのか！
お望み通り、頭をめいっぱい撫でてやる。スバルは気持ち良さそうに目を細めた。
はぁ……聖獣達が朝から可愛過ぎる。
そうしているうちに、辺りにパンの焼ける香《こう》ばしい香りが漂う。
『いい匂いがするのだ』
銀太が鼻をスンスンさせて、ウットリと匂いを嗅《か》いでいる。
早速窯を開けてみると、パンがいい具合に焼けていた。
このパンに焼いたワイバーンの肉をのせて、葉野菜も一緒に入れて、その上から俺特製ソースをかけて、別のパンで挟む。
よし、完成だ！　ドンドン挟むぞー！
シャクッ！　と気持ちのいい音を立てながら、早速聖獣達が頬張《ほおば》る。
『美味いのだ！　このサンド！』
『ワイバーンの肉がサッパリしてるから、何個でも食べられるな！』
銀太とスバルは肉サンドが気に入ったみたいだな。
『本当美味しいわ！　肉リンドって言うの？　初めて食べたけどクセになりそうね』
『ああ……肉汁とこのソースがベストマッチっす』
『美味いな！　何個でも食べられそうだ！』
一号達三匹も気に入ったみたいだな！　よしっ、ジャンジャン作るぞー！
『『『『おかわり』』』』
「はいよー！」
肉サンドを食べ終えた聖獣達がのんびりと過ごしている。
俺はそれを眺《なが》めながら、一息ついた。
ふぅーっ。よく食べた……！　肉サンド、美味かったな。また作ろう。
しかし……アイツ等の食欲は底なしだな。

すると、足元に卵が転《ころ》がって来た。この卵は、旅の途中に遭遇《そうぐう》した事件で、魔族に追われていたエルフから預《あず》かったものだ。

なんでも聖龍の卵らしく、卵の時期に与えられた影響によって、善にも悪にも変わるという。はじめはエルフ達の元で育てられていたが、ある時、魔族に奪われた。そして彼等によって穢《けが》され、邪竜になる可能性が高まってしまった。

それを何とか取り返したエルフが、俺達に預けたのだ。もし邪竜が生まれたとしても、聖獣達なら殺すことが出来るだろうから、と。

この卵、どうやら意思のようなものがあるらしく、自分で動くことがある。俺の足元に転がって来たのも、きっと偶然《ぐうぜん》じゃない。たまに、言葉を理解してるんじゃないかとすら思う。

「お前も肉サンド食べたいのか？」

卵がプルプルと反応する。

「やっぱりお前、話が分《ふる》かるのか？」

またプルプルと震える。

凄《すご》い。まだ生まれてもいないのに……！　さすが聖龍の卵だな。

俺は卵をヨシヨシと撫でた。すると嬉《うれ》しそうにプルプルと震える。

「生まれてきたら、一緒に食べような」

卵をリュックに入れて……出発の準備だ！

昨日ゆっくりした分、今日は先に進みたいな。

「よし行くか！」

俺達は次の目的地――港町ニューバウンを目指し、再び街道を歩いて行く。

たまにすれ違う人達にビックリされるが、可愛いモフモフ達をウットリ見ている人の方が多い気がする。みんな、旅の癒しに飢《う》えてるな。

『ティーゴの旦那《だんな》！　トンネルの手前で何かあったみたいだぞ！』

空を飛んでいたスバルが教えてくれる。

「何⁉　急いで行ってみるか！」

『分かったのだ！』

俺達は走ってトンネルへ向かった。


「何だこれ……ひどいな」

たどり着いた先で俺達が目にしたのは、トンネルの入り口があったであろう場所に、土《ど》砂《しゃ》や岩が雪崩《なだ》れ落ちている光景だった。そのせいで入り口が埋《う》まっている。

その周りでは、身なりのいい大人達が必死に土砂を掻《か》き分けていた。

「あの……？　すみません。何があったんですか？」

「……えっ？　わっハワワワッ！　フェッフフッ！　フェンリル⁉」

銀太を見て、大人達はパニックに陥《おちい》った。

俺はみんなを安心させようと、銀太を抱《だ》きしめたりして〝怖《こわ》くないアピール〟をし、彼等もなんとか話が出来るぐらいに落ち着いてくれた。

「何があったんですか？」

「それが……このトンネルを通る直前に、魔族が現れてトンネルの入り口を壊《こわ》していったんです」

また魔族……何がしたいんだ？

卵を助けた時もそうだけど、俺達の行く先々に魔族が現れ、他種族の暮《く》らしを脅《おびや》かしている。

そういえば、新《あら》たな魔王が誕生《たんじょう》したから、そいつを喜ばせるとかなんとか言ってたな。

この先でまた、ルクセンベルクの街みたいに、たくさんの人が傷つくようなことが起きたら嫌だな。

男の人が険《けわ》しい顔で言う。

「私共の馬車がトンネルの中にありまして、その馬車の中にお嬢様《じょうさま》が居て……ああっ！　お嬢様……うっうう」

「何だって⁉」

トンネルの中に女の子か？

「私共はトンネルに入る前に馬車から振り落とされ、運良く外に。しかしお嬢様だけが馬車に取り残され、馬車と共にトンネルの中へ……」

「魔法を使ってこの土砂を崩《くず》そうとも考えたんですが……お嬢様が入り口近くにまだ残っていたら、当たってしまいかねません。我々はどうすることも出来ず、土を掘《ほ》っておりました」

　そうか……トンネルの何処《どこ》にお嬢様が居るか分からないなら、無闇《むやみ》に強い魔法は使えないな……ん？　いや、魔法でいけるぞ！

「すみません！　俺にいい考えが浮かんだんで、ちょっとこの場所から離《はな》れてもらえますか？」

　俺は召使《めしつか》いの人達に離れた場所に移動してもらう。

　全員が距離《きょり》を取ったのを見計《みはか》らって、俺はトンネルと向かい合った。

『主～何をするのだ？』

「んん？　見てろよ？」

　俺はそう言うと、土魔法を発動した。トンネルを覆《おお》っていた土や石を移動させる。するとトンネルの入り口が見えてきた。

「一気にどかすよ！」

十数秒後、トンネルの入り口の土砂は全てなくなった。

「ふうう〜！　上手《うま》くいって良かった……」

『ティーゴの旦那、やるじゃねーか！　上手く土魔法が使えるようになったな！　いつ練習したんだ？』

ふふっ、スバルが俺の魔法の上達ぶりにビックリしてる。

これはな！　毎日ご飯用の窯を土魔法で作ってた成果だよ。

召使いの人達が一斉に頭を下げた。

「「「ありがとうございます！」」」

みんな、ドタドタとトンネルの中に入っていく。程なくして、お嬢様の乗る馬車は見つかった。

召使いの一人が俺に改めて礼を言ってくる。

「おかげでお嬢様をすぐに助けることが出来ました。本当にありがとうございます」

「いえいえ大したことしてませんから、お気になさらず」

話を聞いてみると、この人達はみんなアステリア辺境伯《へんきょうはく》の召使いで、お嬢様を連《つ》れて辺境伯領に帰るところだったみたい。

辺境伯って……凄い貴族様だよな？

無作法《ぶさほう》なことして不敬罪《ふけいざい》！　とかにならない内にさっさとこの場を立ち去ろう。

「貴方《あなた》が私を助けてくれましたの？」

するとと目の前に、水色の髪をした十歳くらいの小さな女の子が立っていた。

「私はルティアナ・アステリアと申します。領地に帰る途中、このようなことになり、困っておりました。本当にありがとうございます」

小さな女の子は深々とお辞儀《じぎ》をする。

「っ、いやいや大したことしてないから！　俺はティーゴ。魔物使いだ、よろしくなルティアナ。あっ……っと！　貴族のお嬢様相手に呼び捨てはダメだな。えっと、なんて呼べば……？」

そんな俺を見て彼女は少し悪戯《いたずら》な顔で笑うと、「ルティアナで大丈夫ですわ！」と挨拶《あいさつ》してくれた。

それから銀太達をじっと見つめている。怖いのかな？

そう思ったが、意外にも彼女は目を輝かせた。

「ティーゴ様は素晴らしい魔物使いなんですね！　使い獣の皆様がキラキラ輝いていて、とても幸せそうです」

そりゃあもう毎日ブラッシングしてますから！　銀太達が褒《ほ》められるのは嬉しいな。

「ありがとな！」

そう言って、思わず俺はルティアナの頭をクシャリと撫でた。

「ハワワワッ……！」

ルティアナは真《ま》っ赤《か》な顔でプルプルと震えている。

あっ、しまった。つい妹のリムにしてるみたいにしちまった！

困ったな……怒らせちゃった？

「あの……ルティアナ？　急に頭撫でたりして嫌だったよな。ごめんな……？　俺、田舎《いなか》者《もの》で作法とか全く知らなくて……ルティアナ？」

「あわっ……!?　ちっちがっ嫌じゃありませんわっ！　むしろもっと撫でて欲しっゲフンゲフンッ」

何故かルティアナは、真っ赤になったり真《ま》っ青《さお》になったりしている……面白《おもしろ》いな。

「ゴホンッ。失礼しました！　ティーゴ様はこの後どうされますの？」

「俺はこの後、トンネルを通った先にある港町ニューバウンに行く予定だよ！」

「まぁ！　ニューバウンですか！　私の領地の街ですわ。ニューバウンに着いたらぜひ、私の家に遊びに来てください！　絶対にですよ？」

そう言ってルティアナは、俺に高そうな髪飾《かみかざ》りを渡して来た。

「これはアステリア領の紋章《もんしょう》が入った髪飾りですの。次に会う時まで預けておきますわね！　絶対に返しに来てくださいね？　お待ちしてますわ！」

髪飾りを俺に握《にぎ》らせたまま、ルティアナは馬車へと走っていった。

「あっ！　ちょっ⁉」

いつの間にか馬車は準備が整っており、彼女が乗り込むとすぐに走り出した。

はぁ、行っちゃったか……。どーすんだよ、こんな高価な髪飾り。返しに行かないとダメだよな？　俺はそれをなくさないよう、アイテムボックスに急いでしまった。

面倒なことになったけど……まぁいいか。深く考えないようにしよう。

トンネルを通ろうと前を見ると、ふとあることを思いつく。

俺は土砂で汚《よご》れたトンネルの入り口を綺麗にすることにした。

水魔法の練習にもなるからな。

『おー、いい感じだよ！　そうそう魔力を調節して』

スバルはカスパール様に魔法を教えてもらっただけあって、魔法を教えるのが上手い。

フンスッ！　と鼻息の音がした。

『仕上げに浄化《じょうか》もしとくか？　主、浄化魔法の練習だ！』

ひえーーっ！　銀太まで参加してきた。

『聖魔法なら私も得意よ？』

三号まで⁉　俺の周りには魔法の先生がいっぱいです……。

スバルは褒めてくれたけど、浄化魔法は中々難《むずか》しかった……。でもスパルタ先生達のおかげで、どうにか使えるようになった。

水魔法で綺麗にしてみたら、壊れたと思っていたトンネルの入り口は無傷で、どこも欠けていなかった。入り口にトンネルの名前が書いてある。

【暁トンネル】。

学校で習ったことがある。ニューバウンへの道中に長いトンネルが出来たことによって、人や物の行き来が増え、ヴァンシュタイン王国がどのように潤《うるお》ったのかを。名前までは知らなかったけど、暁トンネルって言うのか。

待てよ、暁!? 暁って、一号の持つもう一つの名前と同じだよな。

まさか……!?

「この暁トンネルを作ったのはさ？　もしかして……？」

『カスパール様だよ！』

スバルが自慢げに答えてくれる。

やっぱり……！

カスパール様はどれだけ国に貢献《こうけん》してるんだ？　ルクセンベルクにもスバルの名を冠《かん》した橋を作っていたし、スバル達の元主は本当に凄いな……！

「じゃあ暁トンネルを通るか！」

この暁トンネルは、この国一番の長さを誇《ほこ》るトンネルで、全長が何と約一万メートルもあるらしい。中を歩いていると、長いトンネルのはずなのにキラキラと明るい。

どんな仕組みなんだろう……？

『我はトンネルというのを初めて通るが、中々キラキラして綺麗だの』

「俺もそう思ってたところだよ！　綺麗なトンネルだな」

銀太と俺が感心していると、スバルが胸を張った。

『このキラキラした光は、カスパール様のこだわりだからな！　一番これに時間をかけてたな』

ブッッ！　……カスパール様。

キラキラにこだわるとか、大賢者様のイメージがスバル達によってドンドン崩れていく……。

きっと面白い人だったんだろうな。会ってみたかったな。


俺達は途中で休憩《きゅうけい》を挟みながら、長いトンネルをやっと通過することが出来た。

キラキラしていて綺麗なので、景色に飽きることはなかったが、やはり疲れた。

「やっと外だな！　ってもう真っ暗だ」

トンネル内に居たから時間経過が分からなかった。

聖獣達が次々に『お腹すいた』と連呼《れんこ》してしゃがみこむ。

「分かった！　次に広い場所があったら、今日はそこでご飯にして寝るとするか！」

『我は甘味が食べたい』

『俺もー！』

『あっしはリコリパイが食べたいっすね』

『俺もティーゴのパイが食べたい！』

『私もティーゴのパイがいいわ』

さすがケルベロスと言うべきか、一号達の食べたいものは同じだった。

「パイだな！　了解」

甘味はご飯じゃなくておやつだけどな？　聖獣達は甘いものが好きだな。

そう言えば、俺のステータスってどうなってんだ？

スバルや一号、二号、三号をテイムして何か変化あるのかな？　ステータスを暫《しばら》く確認してなかったな、見てみるか。

《神眼》

俺は神眼を発動した。

名前　ティーゴ
種族　人族

ランク　SS　↑UP
年齢　17
性別　男
ジョブ　魔物使い
レベル　85　↑UP
体力　2168　↑UP
攻撃力　3650
魔力　99970
幸運　1050　↑UP
スキル　全属性魔法　神眼　アイテムボックス　メタモルフォーゼ↑new!
Sランク以上の魔獣や魔物をテイム出来る。
Sランク未満の魔獣や魔物はテイム出来ない。
使い獣　フェンリル銀太
グリフォン昴《すばる》
ケルベロス暁　樹《いつき》　奏《かなで》

凄いことになってる……俺のランクがSSってウソだろ⁉　銀太達以外で聞いたこと

ねーぞ。

それに体力と幸運が増えてた！　だから最近いいことがあるのか！

あと、スバルのスキルの【メタモルフォーゼ】が使えるようになってる。

俺も何かに変身出来るのかな？

後で試《ため》してみようかな？

ステータスを見た後は、再び足を進める。歩き進めると、森の近くで野宿出来そうな開けた場所を見つけた。

「よーしっ！　今日はここでご飯にしよう！」

『やったー！』

『甘味♪　甘味♪　甘味♪』

『リコリパイ♪　パイ♪　パイ♪』

みんな楽しそうだな……可愛い聖獣達のご飯、作るか！

★　★　★

次の日。俺は、この先の進み方を地図を見ながら考えていた。

普通ならこの目の前にある森を迂回《うかい》して行くんだが、どう見てもこの森を突っ切った方が港町ニューバウンに近い。

それに森の探索《たんさく》は楽しいしな。よし、森を抜けるルートで行くか！

「あと少し休憩したら出発するぞー！」

『『『はーい』』』

『分かったのだ』

『了解』

そう言えば、メタモルフォーゼのことをスバルに聞くのを忘れてたな。

メタモルフォーゼ……？　どうやって使うのかな？　《メタモルフォーゼ》って念じるとか？

ボンッ!!

「えっ？」

視界が低く……はわっ!?

「手が！　獣！」

突然の変化に驚《おどろ》いていると、急に三号が笑い出した。

『やだーっ、ティーゴったら！　メタモルフォーゼ使ったの？　可愛い……その姿はタヌキ？　あっ！　アライグマね！』

「えっ……？　俺アライグマになってるの？」

『あははっ、ティーゴの旦那！　アライグマって！』

くそう……！

スバルが腹を抱《かか》えて爆笑《ばくしょう》してる。

『主……何でアライグマになってしまったのじゃ……その姿だと我はヨシヨシしてもらえぬ』

銀太が尻尾を下げて寂《さび》しそうに、アライグマになった俺を見つめる。

銀太……お前はそんな心配を……可愛いけど！

「俺も訳分かんないんだよ。何でアライグマになったんだ？　メタモルフォーゼって変身出来る姿を選べるんじゃないのか？」

俺が不思議に思って質問すると、スバルが得意げに答える。

『何にでもなれるほど万能じゃねーよ！　このスキルは』

『ププッそうよ！　はじめは人化することからスタートし、その後、自分に合った魔獣の姿に変身出来るようになるの！』

三号も修業《しゅぎょう》が必要だと、少し馬鹿にしたように俺を見る。

『あっ……でもティーゴは人族だから獣化したのか！　魔獣じゃなくて可愛いアライグマに……ブッ』

うう……みんなが笑いを必死に堪《こら》えてる。

強そうな魔獣に変身出来なくて悪かったな!!

俺だってカッコいいドラゴンとかに変身したかったよ。

「じゃあもっとレベル上げないと、色々な姿に変身出来ないのか……？」

『そうだな！　今はアラッ……ブックク ッ……アライグマだけだな！』

スバルが笑いながら返事をする。そんなに面白いのか？

『ティーゴの旦那……元に戻ってくれよ！　可笑《おか》しくて……ククッ……ダメだ』

「戻り方が分かんないの！」

戻れるなら、もう戻ってる！

俺は両手を上下にバタバタさせて怒る！

『その姿で怒っても迫力《はくりょく》が……クククッ』

『もう一度メタモルフォーゼって念じてみて？』

《メタモルフォーゼ》

そう念じた瞬間——ボンッ！

「あっ人の手……!?」

俺は自分の顔を触《さわ》る。間違いない、いつもの俺だ。

「良かったー！　戻れたー」

『旦那……服は着なくていいのか？　ジロジロ見られてるぜ？』

「えっ……？」

あわっ⁉　何で裸なんだよ！

俺は慌てて、いつの間にか散《ち》らばっていた服を着た。

しかも、街道を歩いていた数人に見られた！　こんな所で裸になる変な奴って絶対思われた！　うう……！

『ティーゴ！　そんなに落ち込まないで？　ね！』

三号がそう言って俺の足にすり寄る。

「三号……ありがとう……って！　そうだよ！　三号達は人化しても服着てるじゃん？　何で俺は服着てないの？」

『そりゃ？　私達は修業してるから！　ティーゴも修業してレベル上げたら、上手に変身出来るよ！』

はぁぁ……修業か。

メタモルフォーゼは当分使わない！　俺は心に誓《ちか》った。

「じゃあスバルも人化出来るのか？」

『あったり前よ！　俺が一番上手いんだぜ？』

ボンッ！

そう言うと、スバルは赤髪の背が高い男性に変身した。

『どうだ！　カッコイイだろ？』

男の俺から見ても迫力の美形だ。
またも、ボンッ。
『女にもなれるんだぜ？　凄いだろ？』
今度は赤髪の綺麗な女の人に変身した。
「スバル凄いな！　どっちにも変身出来るなんて！　天才だよ！」
『ティーゴの旦那！　それは褒め過ぎだよっ！　ふふふっ』
美人なお姉さんのスバルが照《て》れている。不思議な感じだ。
ボンッ。
『やっぱりこの姿が楽だな！』
いつものミニサイズスバルに戻った。
うん。俺もその姿が落ち着くよ。
「よし！　じゃあ出発するか！」
『主～また森に入るのか？』
「うん。森を抜けて行こうと思って」
みんなを連れて俺は森に入っていく。
キョロキョロ、キョロキョロ。

森に入ってからというもの、銀太は周りを気にし、あちこちを見ている。
「銀太？　どうしたんだ。さっきからキョロキョロして」
『……んん。誰かに見られているような気配がするのだ』
「えっ！　誰かに？」
俺も周りを見渡すが何も感じない。
だが、次の瞬間――
『さすがフェンリル様、無作法なことをしてすみません』
「うわっ？　えっ！」
急に目の前に、男か女か分からない綺麗な人が現れた。
『お主は……！　ドライアドか？』
『はい！　覚えてくれていたのですね。フェンリル様』
ドライアドだって？
それって絵本とかに出てくる木の精霊だよな？　精霊って実在したのか！
『我等に何か用か？』
銀太がドライアドに話しかける。
『実はお願いがあります……』
ドライアドは深々とお辞儀をした。

『ドライアドは滅多《めった》に人前に現れないはずだろ。そんな奴が一体どうしたんだ？』

スバルが不思議そうに質問する。

『一緒について来てもらえますか？　見てもらった方が早いので……』

俺達はドライアドの案内で森の奥深くへと歩いていく。

しばらく歩いてもまだ着かない。

『ドライアド！　何処まで行くんだ？　ドンドン空気が悪くなってる』

何かに気づいた一号がドライアドに訴《うった》えかける。

『……これは穢れ？』

銀太がケガレといった。穢れ？　何だそれは？

さらに奥に歩いていくと、俺でも分かるくらいに空気が濁《にご》っている。

その先に黒い何かが見える。

ドライアドに案内された場所にあったのは、黒く濁った大きな泉だった。

「こっ、これは泉か？」

『この泉は穢れておる……』

銀太は怪訝《けげん》そうに泉を見る。

『そうなのです。この森は泉の綺麗な水と共に生きていたのに……！　水が穢れ……森も死にかけています……』

『何でこんなことになったんだ？』

『それは、数週間前に魔族が【穢れ玉】を泉に落としていってしまったからです。それからドンドン泉が穢れ……空気も淀《よど》み……この森も、このままだといずれ穢れに呑《の》み込まれ、死の森になるでしょう』

また魔族……！　アイツ等は一体何がしたいんだ⁉

『我等をここに連れて来たということは、穢れをどうにかして欲しいということじゃの？　ドライアドよ』

『その通りです。フェンリル様』

『お願いします！　この森を助けてください！』

シュン、ともう一人ドライアドが現れた。

『『よろしくお願いします』』

二人のドライアドは俺たちに深々と頭を下げた。

『我に任せておけ！　大丈夫じゃ！』

『俺達だっているからな！』

銀太とスバルが少し得意げに返事をする。

『『ありがとうございます』』

「でもこの穢れとやらは、どう処理するんだ？」

『我《わ》が泉を浄化するので、主達はこの穢れの元、【穢れ玉】を探《さが》して欲しい』

「了解だ！　任せてくれ」

『『『はーい』』』

『俺は空から様子を見るよ！』

スバルは颯爽《さっそう》と飛んで行った。

よし！　俺も探すぞー！

早速泉の近くを歩き回り、それらしき物を探してみる。そういえば穢れ玉ってどんな玉なんだ？　銀太に詳《くわ》しく聞くのを忘れてたな。

ふと足元を見ると、俺の頭くらいの大きさの黒い石を見つけた。

こういう感じの物なのかな？

俺はその石を持ち上げ、銀太に聞いてみた。

「銀太ー！　穢れ玉ってこんなのか？」

『あっあわっ！　主それじゃ！　触ったらダメじゃ！　主まで穢れてしまう！』

『やだっティーゴ！　早くその石放して！』

『あわわ……穢れ玉を触って！』

ん？　何か銀太達が慌ててるな？　遠くて何言ってるのかよく聞こえない……。

この石を綺麗にしたらいいのか？　俺はなんとなく、手で石を撫でた。

するとと石が輝き出し……パァァァァァーッと輝いた。

「うわっ！」

石が急に真っ白に！

『主……何という無自覚……！　穢れ玉を一瞬で浄化した』

森の澱《よど》んだ空気が、一気に清らかに。死にかけていた森が生き生きとした姿へと変わる……！

「何だこれ？　急に何が起こったんだ」

突然のことに理解が出来ず、俺は石を持ったまま呆然《ぼうぜん》と立ち尽《つ》くしていた。

銀太やスバルが俺の所に飛んで来た。

『主、凄いのだ！　穢れ玉に触れる人族など、聞いたことがないのだ！』

「えっ？　この石が穢れ玉？」

俺は穢れ玉だと聞いて、慌てて持ってる石を下に置く。

『そうだよ！　普通なら触れると一瞬で穢れ、魔に呑み込まれてしまうのに……！　触っても平気で、しかもそのまま浄化しちまうとは……ティーゴの旦那は本当に規格外《きかくがい》だな！』

何だって？　俺が浄化？

『本当よ！　その玉を持ち上げた時は、ビックリして私の心臓が止まるかと思ったわ！』

『何もなくて良かったっす……』

一号達も泣きそうな顔で走ってきた。

そんな危険な玉を俺は触ってたのか！

はぁ良かった……危《あや》うく取り返しのつかないことになるところだった。

しかし……何で浄化出来たんだ？　俺……何もしてないよな？

『ああ……森が元気になっていく』

『泉に妖精達が帰って来た……！　良かった……これで森は生き返る』

綺麗になった森と泉を見て、ドライアド達は感動している。

「とりあえずは一件落着でいいのかな？」

『あと少しで死の森になるはずだったこの森を……元の美しい森に戻していただき、本当にありがとうございます』

再びドライアド達は頭を下げた。

『『これは私達からの御礼です。受け取ってください』』

ドライアドは俺に袋を渡してきた。渡された袋の中には、緑色に輝く綺麗な石が二十個くらい入っていた。

『ほう……これは精霊石か！』

袋を覗《のぞ》いた銀太がこの石を精霊石だと言う。

精霊石だって？　初めて聞く名前だ。

首を傾《かし》げていると、スバルが興奮《こうふん》した様子で捲《まく》し立てた。

『何？　精霊石！　それはかなりレアだぜ！　カスパール様が中々手に入らないって話してたからな！　それがこんなにも！　ラッキーだな！』

カスパール様が探していたって⁉　凄い物を貰《もら》ってしまった……いいのかな、こんなに沢山《たくさん》貰ってしまって？

『『では私達はこれで失礼します』』

質問する間も与えず、ドライアド達は行ってしまった。

泉のそばには、俺達だけが残される。

『良かったの主！　精霊石が貰えて！』

『これでアイテム作ったら、沢山の付与《ふよ》がつけられるぜ？』

なるほど、アイテムに使うのか……！

「じゃあこの石を使って、スバルや一号、二号、三号、みんなでお揃《そろ》いのアイテムを作るか！」

『『『……えっ？』』』

一号、二号、三号達がビックリした顔で俺を見る。

『ティーゴの旦那……俺達にも高貴《こうき》なるオソロをくれるのか……？』

スバルまで震える声で俺に問う。

何だ？　みんなの様子が変だ……？

『本当にいいの……？』

『あっしにまで？』

『高貴なるオソロをティーゴと？』

うわぁぁーんっ!!

オワッ！　みんなが泣きながら抱きついて来たっ!!　ちょっ……!?

『ありがとうティーゴ！』

『また高貴なるオソロが貰えるなんて夢みたいだ！』

『ううっ……二人の主からあっしはオソロが貰えるんすね……嬉しい』

『俺は……ティーゴと高貴なるオソロがしたかった……！　嬉しいぜ……うっうう』

そうか……スバル達にとって、オソロには特別な意味があるんだな。

こんなことなら、もっと早く作ろうって言えば良かったな。

俺はスバル達が泣きやむまで頭を撫でてやった。

銀太だけは、泣いているスバル達を少し不思議そうに見ていた。

「……………落ち着いたか？　港町ニューバウンについたらオソロ作りに行こうな！」

オソロを作るってことは、俺はカスパール様と同じことをするんだよな。

俺はスバル達の主になりましたって、ちゃんとカスパール様に挨拶したいな。

そうだ！　カスパール様のお墓に行ったらいいんだ。

そうと決まったら色々と忙しくなって来たぞー！

と決心していると……コツン！　卵が足元に転がってきた。

「あれっ……卵？　もしかしてお前もオソロが欲しいのか？」

プルプルッ！

そうだよとでも言わんばかりに震える。

「そうか。分かったよ！　卵の分も作ろうな！」

プルプルッ！

やったーと言っているかのように喜んでいるのが分かる。

ふふっ、本当に面白い卵だな！　まだ生まれてないのにこんなに意思があるなんて……！

どんな奴が生まれてくるんだろうな？　楽しみだな。

「元気に生まれてこいよ？」

俺はそう言って卵を撫でた。

んん？　卵がピンク色に少し光ったような気がしたが……？　気のせいだろうな。

よし！　港町ニューバウン目指して、行くか！

閑話《かんわ》――魔王様のお気に入りになりたい魔族達の呟《つぶや》き

四天王バフォメットは悩《なや》んでいた。

あぁっクソ……！　何でこんなことになったのだ⁉

全ては順調だった。エルフの里に忍《しの》びこみ、やっとの思いで盗《ぬす》んだ聖龍の卵。

沢山の穢れを与えて邪竜が生まれてくるはずだったのに……！　それを後少しのところで……！

どうして急にトリプルSのフェンリルが現れるんだ⁉

おかしいだろう？　そんなことあるか？

今まで我等が何をしようと興味など示さなかったフェンリルが！　何故急に……関わってくるんだ！

フェンリルが現れて、卵を奪って行った。さすがに怖くて取り戻しになどいけない！

あああ……！

穢れに染《そ》まった邪竜を献上《りんじょう》して、魔王様のお気に入りの幹部《かんぶ》になる計画が……丸潰《まるつぶ》れだ！

このままだと他の奴に先を越《こ》されてしまう……！

クソックソッ！

四天王ベルゼブブもまた悩んでいた。

何でこうなった？

魔王様に気に入ってもらうため、念入りに、綿密《めんみつ》に計画し、ルクセンベルクの街は壊滅《かいめつ》するはずだった……！

これを手土産《てみやげ》に魔王様に気に入ってもらう予定が……ああっ台無《だいな》しだ！

この計画のために青き魔獣を沢山作り、民は青き死の病気を得て、ルクセンベルクは死の街と化する……そう、計画は完璧《かんぺき》だった……。

なのに！　何で⁉　トリプルSのフェンリルが現れて我らの邪魔《じゃま》をする！

今まで魔族のことなど気にも留《と》めてなかったはずなのに！

ああっ……！　計画は丸潰れだ……これでは魔王様のお気に入りになれない……。

また何か考えねば……クソッ！

四天王ベリアルも悩んでいた。

森を穢れで覆って死の森を作り、これからという時に、森が浄化されていた。

はぁ？

何で？

意味が分からない！　一体何が起こってるんだ？

クソッ！　また計画を立てないと……！　他の奴等もまだ何も魔王様にアピール出来ていないはずだ……。

また別の……何か手を考えないと！

四天王メフィストは考えあぐねていた。

取り急ぎトンネルを塞《ふさ》いで物流を混乱させるなどしてみたが、すぐに直されてしまったと報告があった。これもトリプルSの仕業《しわざ》なのか？

ベリアルが用意していた策も失敗したと聞くし、まだ誰もリードしていない。次の一手こそ決めたいところだ。厄介《やっかい》なのはやはりトリプルSのフェンリルだが、何処かの誰かが葬《ほうむ》ってくれないものか。少なくとも、自分で戦うのは御免《ごめん》だな。

そして、四天王バフォメットはまだしつこく悩んでいる。

あの聖龍の卵さえ取り戻すことが出来れば……私にもチャンスはある！

一番のお気に入りはこの私になるはずだ！

偵察《ていさつ》の者によると、卵はまだ孵《かえ》っていない。再び穢れを沢山与えてやれば、邪竜が誕生するはずだ。

フェンリルさえいなければ……簡単に取り戻せるのに！

どうやら卵は、人族の男が持っていると、偵察に行った奴が言っていた。

相手が人族なら隙《すき》を見て盗めないだろうか……？

いやいや無理だ！　フェンリルの奴は常に気配探知《たんち》を使っており、我等が近くに行くとバレる！　何かいい計画を考えないと……！

せめて人族の男が一人になってくれたら……あっ？

んんっ？　そうだ！　これならいける！

ククク……見ておれフェンリルよ。

★　★　★

「わっ、これはレア薬草！」

俺は見つけた薬草のところに急いで走って行く。

「あっ、こっちにも！　神眼だと更《さら》にレアな素材がドンドン見つかる！　はぁ……神眼って凄い……」

神眼のおかげで薬草などが簡単に見つかるので、俺はご機嫌《きげん》に採取《さいしゅ》していく。

『まただな……ティーゴの旦那は葉っぱ集めるのが本当に好きだな』

『そうなの？　何に使うの？』

三号が不思議そうに質問した。

『んん？　傷薬作ったり、売るためって言ってたなぁ……？』

スバルが曖昧《あいまい》に答える。

『ん～？　傷薬必要？　私達いるのに？　それに薬草なんて、売っても大したお金にならないのにね？』

三号は不思議でならない……。

『でも……まぁ……楽しそうだからな？』

『そうよね。ティーゴが楽しかったらいいわね。ふふっ』

聖獣達が少し残念そうに、温かい目で自分を見ているなんて、そんなこと全く気付かずに、俺はせっせと薬草を採取し、アイテムボックスに入れていくのだった。

『ティーゴの旦那！　もうそろそろ森を抜けるぜ！』

「わっ！　もう？　採取しながらだとあっという間だったな……！」

森を出ると、微《かす》かに嗅《か》いだことのない香りが……！

『おーここまで来たら海の匂いがして来たな！』

『本当だの……』

銀太達がこれが海の匂いだと言う。

これが海の匂いか……！　初めて感じる海の匂い。これだけでもワクワクする。

「海！　楽しみだな！」

俺は卵をリュックから出して、海の匂いを教える。

「卵！　これが海の匂いだよ！　分かる？」

プルプル……！

卵がほんのり黄色く光る。

「やっぱり！　卵ちょっと光ってる！　気のせいじゃなかったんだ」

俺は嬉しくて卵をみんなに見せようと、大きな声で叫《さけ》ぶ。

「なぁみんな見てくれよ！　卵が光るんだ」

みんなが俺の所に集まってくる。

『卵が光ったのか？　ってことはもうすぐ生まれるのかもな！』

『おおーっ楽しみだの！　どんな龍が生まれてくるのかのぅ……？』

スバルと銀太は楽しそうに卵を見ている。

何だか嬉しいな。

『卵って光るのねー……ねぇ？　卵！　もう一回光って見せてよ？』

三号が卵に話しかける。

『……』

『うーん……何も反応ないわね……？』

「さっきは黄色に光ったんだけどな……なぁ？　卵」

俺はそう言って卵を撫でた。

すると卵はほんのりピンク色に光った。

『おお！　光ったのだ！』

「今度はピンク色だな。不思議な卵だな」

『私が言っても何も反応しなかったのに！』

三号が少し頬《ほお》を膨《ふく》らませ拗《す》ねる。

「たまたまだよ！」

そう言って三号の頭を撫でてやる。

「なぁスバル？　港町ニューバウンまでは後どれくらい歩いたら着くんだ？　分かるか？」

早くニューバウンに行きたい俺は、スバルに聞いてみた。

『どれくらいだろうなぁ？　俺が飛んでいったら五分くらいか？』

全然参考にならないよ、スバル。

まぁ……近づいてるってことだよな！　海も楽しみだし、名物だっていう新鮮《しんせん》な魚介類も楽しみだなぁ。

そして、みんなでワイワイと楽しく話しながら歩いて行くと……あっ！

遥《はる》か先に大きな門が見えてきた！

人集りが……見える！　ってことはあの場所がニューバウンの検問所《けんもんじょ》だ！

『おーっ！　ニューバウンに着いたな！』

『私達どうしようかしら？　人化する？』

「そのままでいいよ！　タダでさえ銀太がいて目立つからな！　そこに綺麗な女の人を三人も連れてたら更に目立っちゃうよ！」

それに黒犬の方が俺は落ち着くしな。

「じゃあ行きますか！　ニューバウンに！」

しかし、俺達がニューバウンの検問所に着くと、人集りはなくなり、目の前には門番しか居なかった……。

「あわわっ……!?　フェンリル……」

門番の人達はいきなり目の前にフェンリルが現れたから、ビックリして今にも気絶《きぜつ》しそうだ……！

はぁ……。

この展開も慣れてきたな。

「大丈夫です、安心してください。このフェンリルは俺の使い獣です！」

そう言って俺は銀太をモフりたおす。

モフモフ……モフモフ……モフモフ……。

『フンスッ……気持ちいいのだ』

「あわわ……⁉　フェンリルがあんなに懐いて……嬉しそうに……ゴクリ……モフモフ……モフモフ……」

あれ？　門番の様子が変だぞ？　目がウットリとして、銀太の被毛《ひもう》の虜《とりこ》になってないか？

「あの？　これ冒険者証です」

俺はすかさず冒険者証を門番に見せる。

はっ！　と門番が我に返った。

「おおっ！　Aランクギルドカードですね。どうぞお入りください。ニューバウンの街へようこそ！　……モフモフ」

門番の人達はウットリした目のまま送り出してくれた。

『アイツ等、銀太のことずっと見てたな！』

スバルも気になったみたいだ。

『銀太に触りたかったのよ！　あの目は！　モフモフって言ってたし！』

『だよなぁー！　ははははっ』

銀太に触りたいって思ってもらえるのは嬉しいな。怖がられるよりその方が断然《だんぜん》いい。

自慢の毛は毎日ブラッシングしてるからふわふわだしな！

「おお？　あれが海か！　凄い……うわぁ……！」

こんなにたくさんの水が！

海は俺が想像していた何百倍も広かった。

海を見ると、もっと近くに行きたくなってきた。

「なぁ？　もっと海の近くに行ってみないか？」

俺は海に興奮して、子供みたいにはしゃいで走って行った。

『ふむ！　我も行くのだ！』

『何だ？　行ってみるか！』

『ふふ……ティーゴったら子供みたいよ！』

『海は久しぶりっす』

『行くか！』

ものの数分で、俺は砂浜に辿《たど》り着いた。

これが海！　遠い所からどんどん水が溢《あふ》れてくる！　水がまるで生きているように動いている。……不思議だ。

そうっと足先を海に入れてみる。

するとすぐに波が押し寄せてきて、膝まで浸《つ》かる。

『ティーゴの旦那！』

バシャッ！

「ウワップ……⁉」

水がしょっぱい……！

スバルが水をかけてきた！

「クソッやったなー？」

俺も海水をバシャバシャと飛ばす。しかし、スバルはひょいひょいとかわした。

『へへっ？　簡単にはかからないぜ！』

「クソッすばしっこいな！」

その時、バッシャーンッ！　と大きな水柱が立ち上った。

『うわっ⁉　ちょっ！　ぺっ？　銀太やったなー！』

銀太が思いっきり海に飛び込んだせいで、水飛沫《みずしぶき》が大量にスバルにかかった。

「あははははっ」

俺と銀太とスバルは海で思いっきり遊んだ。その間、一号、二号、三号は砂浜でのんびりと寛《くつろ》いでいた。

スバルがふと何かに気づいた様子で遠くを見た。

『あれ？　なぁティーゴの旦那！　あっちの方、凄い人じゃないか？』

「んん？　本当だ！　何かイベントでもしてるのかな？」

『イベント？　何だそれ？』

スバルがイベントという言葉に反応する。

「ん～祭りみたいなもんだよ」

『祭りだと？　それは楽しそーじゃねぇか！　行ってみようぜ！』

よく見たら旗《はた》がいっぱい立ってる！　なんて書いてあるんだ？　目を凝《こ》らすと文字が見えてきた。

【来たれ男の釣《つ》り大会開催《かいさい》！】。

別の旗には【釣り人よ挑戦待ってるぜ……！】って書いてある。

何だって！

「スバル！　釣り大会やってるよ！」

『何？　そりゃ俺が優勝だな！』

「イヤイヤ俺だよ？」

『行ってみようぜ！』

釣り大会か……！

「これは……楽しみだな！」

俺とスバルは旗が立っている開催場所に向かった。

みんなで行くと目立って大騒《おおさわ》ぎになるので、とりあえず俺とスバルだけで行くことにした。

「彼処《あそこ》かな？」

受付らしい場所に人が沢山集まっている。

「すみませーん！」

「はいよー！」

頭にハチマキを巻いている、褐色《かっしょく》の肌をした筋骨隆々《きんこつりゅうりゅう》のおじさんが返事をする。

「釣り大会の旗を見てきたんだ！　俺も参加したいんだけど」

「釣り大会参加ね！　ありがとうな。参加は二人でペアを組むことになるけどもう一人は居るかい？」

「えっ……⁉　ペア？」

困ったな、二人か……。

『ここに居るぜ？』

人化したスバルが横に立っていた。

「おっ？　こりゃまたカッコいいニイちゃんだな？　大会は一時間後だ！　それまでに準備しておけよ。ホラっこれは受付番号だ！」

俺達は受付番号が書かれた紙を貰い、釣りの準備をすることにした。

「受付番号百十一だって！　一ばっかりだ！　縁起《えんぎ》のいい番号貰ったぞ！」

『大会は一時間後か。楽しみだな！　早く釣りたいぜ！』

大会が始まるまでに、俺とスバルは自分達の釣竿《つりざお》を作り、受付に戻った。

「今から釣り大会スタートだぜ！　準備は出来たか？」

「はい！　バッチリです」

「ん？　ペアはさっきのカッコいいアンちゃんじゃねーのか？　このちっこいガキで大丈夫か？」

えっ？　ガキ？

ふと横を見るとスバルの姿は少年になっていた。

「えっ？　スバル？　何でっ？　どーいうこと！　子供になってる」

『……俺が人化すると子供になるんだよ。カッコつけて大人になってたけど、その姿は一時間しか持たないんだ。人化することなんて殆《ほとん》どなかったから……忘れてたぜ……クソッ』

スバルは真っ赤な顔で少し恥《は》ずかしそうにして、ソッポを向いた……。

「何だよ！　スバル可愛いなぁ！」

俺はスバルの頭をクシャクシャ撫でる。

『可愛いって何だよっ！』

少年のスバルが口を尖《とが》らせ、膨れっ面《つら》して困ってる。

スバルの姿は、大きな青い目に、真っ赤な長い髪が肩まで伸びて、その姿は可愛い女の子にも見える。

「弟が出来たみたいで嬉しいよ！　スバル！」

『……弟？　……俺はティーゴの弟か!!　そっか』

さっきまで膨れっ面してたのに、弟扱《あつか》いが気に入ったのかスバルはニヤニヤしている。

「よーしっスバル！　一位をとるぞ！」

『俺に任せとけ！　足引っ張るなよ？』

俺達は張り切って海に向かった。

「何処にする？　場所決めも大事だからな」

『ここは？　誰もいないし』

俺とスバルは釣り場を決めて、釣りの準備を始める。

釣り大会は二時間。その間に一番大きな魚を釣った者の勝利だ。デカい魚を釣った奴が勝つ！　単純な勝負だ。

俺が一番デカい魚を釣るぞ！

ピイイ――――――――――――ッ!!

大会開始の笛《ふえ》の音が鳴った。

『よっし！　デカいの釣ってやるぜ！』

スバルが張り切っている。

「俺だって負けないよ？」

釣り糸を垂らして構えると、何かが引っかかった感覚がした。

おっ！　早速いいあたりが……？　中々強い。これは早々にデカい魚が来たか？

釣り糸にかかった魚が水面から跳《は》ね上がり、すぐにまた水の中へ。

「えっ……？」

今……チラッと見えたけど……！

あれは……魚か？

バッシャーンッ！　また獲物《えもの》が姿を見せた。

「……人⁉」

えっ……人？　何だあれは？

いやっ⁉　違うっ！　あれは……人魚だっ！

やばいやばいっ！　魚じゃなくて、違うの釣れてるよ！　どーすんのコレ⁉

「スバル！」

困った俺はスバルに助けを求めるも、あー……釣りに夢中で聞こえてない。

釣り糸の先では、今も人魚が暴《あば》れている。よし！　とりあえず釣り糸を切ろう。

糸を切り離すと、人魚は水の中へ戻って行った。

はぁー……ビックリした。海には人魚がいるのか……！　この世界には知らないことがまだまだいっぱいあるな。

気を取り直してもう一度！　釣り糸を投げた。

バッシャーンッ！

……………何で？　また人魚だ！

すぐに糸を切って息をつく。

「ふうっ……」

何で人魚ばっかり釣れるんだ？

ちらりとスバルの方を見ると、普通に……イヤイヤ普通じゃないよ！

何だアレは⁉　あのデカい化け物みたいな奴は……⁉

釣り糸の先には、何か大きな生き物の体の一部が見えている。スバルは歯を食いしばって、大きくしなった釣竿を支えていた。

スバルよ、一体何を釣ってるんだ？

隣を見たことで、俺はなんだか達観《たっかん》した気持ちになっていた。

そうか……海には普通じゃない魚がいっぱい居るんだな。気を取り直してもう一度！

しかしまたも――

「はわっ！」

また人魚！　何で人魚ばっかり釣れるんだ。また糸切らなくちゃ。

「ええっ⁉」

人魚が釣り糸を掴《つか》んでこっちに泳いで来てないか？

やばいやばいっ！　怖いって！　慌てて釣り糸を切る。

プチンッ……！

「はぁビックリした……人魚が向かってくるなんて」

そう思った瞬間、近くの水面が盛《も》り上がって何かが姿を現した。

『何で釣り糸切るんですか！　はぁ、はぁっ……』

あわわっ、人魚が泳いで俺のところに来た！

人魚は息を荒くしている。

「えっ……？　だって俺は魚を釣りに……」

『私達は貴方にお話があって、釣り糸に掴まったのに！』

仲間の人魚も泳いで来て、その数は三人……三匹？　とにかく人魚達は俺の目の前に集まった。

人魚は下半身が魚。上半身は胸の辺りまで魚鱗《ぎょりん》で覆われていた。

「話がある？　俺に？」

『そうです！　貴方は私達の仲間が住む泉を浄化し、助けてくれたと聞きました！』

『だからお願いです！　今度は私達の仲間を助けてください！』

人魚達の話によると……。

森で俺が浄化した泉には、人魚の仲間の魚達が暮らしており、そして死にかけていた。それを俺が浄化したことで助かったと。

その話を魚達から聞いた後に、今度は自分達以外の人魚が魔族に連れ去られた。

どうしようかと途方に暮れていたところに、噂《うわさ》の人物（俺）がノコノコと海に現れたというわけだ。そして今に至《いた》る。

って、イヤイヤ⁉　泉を浄化出来たのは偶然だし？

それにまた魔族……！　何で俺の行く先行く先に、いつも魔族が出てくるんだよ！

はぁ……。

「俺はどうしたらいいわけ？」

『私達の仲間を助けてください！　お願いします！』

ですよね……！　何となく想像はついてたよ。

「分かった！　俺に出来ることならするから。仲間達が何処に連れ去られたかは分かるのか？」
『はい！　沖に見える離れ小島に幽閉《ゆうへい》されてます』
人魚達が指す方向に小さな島が見えた。あの島か。
「分かった！　仲間達に相談して作戦を立てて、絶対に助けてやるからな！」
『ありがとうございます』
スバルは釣りに夢中なので、俺は銀太達と合流し、相談してみた。
『なるほどねー。助けてあげるのは賛成よ。でも本当に……魔族絡《がら》みが続くわね……』
三号は少し魔族のことが気になるようだ。
『我は主が決めたなら行くだけだ！』
『あっしもティーゴがいいんなら』
『俺もティーゴが決めたなら賛成だ』
「みんな！　ありがとう」
優《やさ》しい聖獣達はみんな賛成してくれた。
「それで、あの島までどうやって行く？」
『我が転移して……』
『あんなに小さな島よ？　そんなことしたら、魔力を察知されて魔族にバレるわよ！』
『じゃあスバルに乗って？』

『それも目立つでしょ？』

『じゃあどーするんだよ！』

『うーん……？』

三号が中心になって、方法を色々と考えてくれる。

魔法を使ったらバレるんなら……。

「じゃあさっ、泳いで行くとか？」

『『それだ！』』

その時、大きな笛の音が鳴り響《ひび》いた。

釣り大会終了の合図だ！

「ちょっと待ってて？　スバルを連れて来るから！」

スバルは……っと何処にいる？　あっ、いたいた！

「スバルー！　デカい魚は釣れたか？」

『バッチリさ！　大漁だぜ？　これは俺の優勝だな！』

「凄いじゃないか！」

俺達は話しながら受付に向かう。

「アンちゃん達！　何も持ってないじゃねーか？　ボウズだったのか？」

俺達の登録をしてくれた受付のおじさんが話しかけてきた。

『何言ってんだよ！　デカい奴釣れたよ！』

そう言うとスバルは、デカさ四メートルはあるクラーケンを、アイテムボックスから出した！

「クククックラーケンだと！　ココッコレを？　アンちゃん達が釣ったのか？」

俺は何もしてないけどね……人魚しか釣れなかったからな。

「スゲー！　クラーケンを釣る奴がいるなんて！」

「クラーケンって釣れるんだな……！」

「凄いな！」

周りはスバルの釣り上げたクラーケンで大騒ぎ。

凄い凄いと褒められて、スバルは頬を赤らめ嬉しそうだ。

当然、釣り大会はスバルの優勝で終わった。釣った獲物のデカさは歴代一位らしい。良かったなスバル。優勝賞金として、金貨二十枚も貰った。これでみんなに、美味いもんを買ってあげよう。

俺とスバルは銀太達の所に戻り、いよいよ島に向かって出発だ。

スバルはいつもの姿に戻り、銀太の上に乗った。みんなで泳いで島まで行く。

俺はこんなに長い距離を泳ぐのは初めてなので、少しドキドキする。できるだけ装備《そうび》を軽くして、海の中に潜《もぐ》り込んだ。

波に揉《も》まれると、真っ直《ます》ぐ泳ぐのは中々難しい。五百メートルくらい泳いだところで、俺の腕はもう重くなっていた。

「も……ムリだ……」

これ以上体が前に進まない。

『主～我の上に乗るのだ！』

そばに来てくれた銀太に掴まり、背中の上で息を整える。

泳げると思ったんだけどな……はぁ、悔《くや》しいな。

『海で泳ぐのは初めてなんだろ？　それでここまで泳いだんだ。すごいぜティーゴ！』

スバルが落ち込んでいる俺を、元気付けるように褒めてくれた。

『主は頑張《がんば》ったのだ』

「ありがとう。次はもっと泳げるよう頑張るよ」

俺の仲間は、優しい奴ばっかりだ。

『島に近付いて来たぞ……気配を消して！　魔力が強過ぎてバレないようにな！』

いよいよ上陸となり、俺は生唾《なまつば》を呑み込む。

魔族の奴等、今度は人魚を捕《つか》まえて何をしてるんだ？

俺達は見つからないようにこっそり島に上陸した。

「どうだ？　魔族達が居る場所、分かるか？」

スバルと銀太が気配探知で、魔族達がこの島の何処に居るか探《さぐ》ってくれている。

『うーん……おかしいな？　魔族達の気配がしない』

『そうだの……我も気配が感じられぬ』

銀太とスバルが不思議そうに首を傾げる。

『魔族の気配はないけど、人魚達の気配はあっちからするわ……！』

三号が教えてくれる。人魚達は居るみたいだな。

「じゃあ、魔族の奴等は今この島に居ないのか？」

『居ないと思うぜ？　気配が全くしないからな！』

ってことは……今がチャンスだな！

人魚を幽閉しといて見張りも置かないなんて……一体何がしたいんだ⁉　魔族達の考えが全く分からない。

「さっさと人魚達を助けて街に帰ろう！　帰ったらスバルの釣った魚で魚パーティーだ」

『おーっ魚パーティーか！　いーじゃねーか！』

『ふふふっ楽しみだわ！　魚パーティー！』

『いいねぇ……あっしは何でも食べやすよ！』

『魚か……？　あんまり食べないが、ティーゴが作るなら美味いんだろうな』

『主の作る物は全て美味いのだ。我はもうヨダレがとまらぬ……』

食いしん坊な聖獣達が嬉しそうに話している。その姿を見ていると、ここが危険な場所だってことをつい忘れてしまう。

「よーしっ！　人魚達を助けに行くか！」

『人魚の場所へは俺が案内するぜ！　後をついてこいよ』

スバルが飛んで先導してくれるので、俺達はその後を走ってついて行く。やがて、ある洞窟《どうくつ》に辿り着いた。

『この先にいるな……！』

『ふむ……探知したがやはり、ここには人魚しか居らぬようだの』

銀太が魔族はいないと言う。

『俺が先に見てくるよ！』

スバルが翼を羽ばたかせて、洞窟の中に入っていく。俺達も急いで後を追う。

洞窟の中には、簡易《かんい》な檻《おり》に入れられた人魚達が二十人くらいいた。彼等はちょっとした泉に入っていて、その周囲に柵《さく》がある。

檻には魔法がかかっていたみたいだが、銀太達には関係ない。バキバキッと檻を壊して人魚達を助け出すことが出来た。

『ありがとうございます！』

助けた人魚の一人が、泉の中を泳いで近付いて来た。

『私は人魚達の長《おさ》をしているテスラと申します。どうなることかと思ったのですが、貴方達のおかげで助かりました。本当にありがとうございます』

そう言ってテスラさんが手を差し出してきた。

俺はその手を握り返す。

『……ゴメンなさい……』

テスラさんが呟いた次の瞬間、俺の目の前の景色が変化した。

「えっ……はっ？」

どーいうことだ？　さっきまで目の前に人魚がいたのに……何処に行ったんだ？　洞窟は洞窟だが……みんなの姿もない。ここはさっきの洞窟じゃないのか？

急いで周りを見渡すと、俺の後ろに魔族達が不気味な笑《え》みを浮かべながら立っていた。

「はぁ？　何でだ？　何で魔族がここに居るんだ？」

「ククク、人魚達は上手くやったみたいだな？」

どういうことだ？

「おい！　魔族達！　ここは何処だよ？」

「ククッまだ分からないのか？　お前は人魚に騙《だま》されたんだよ！」

「え？　騙され？」

　話が呑み込めないでいると、魔族達は大笑いした。

「ギャハハハッ、その間抜《まぬ》けな顔最高！　さっきお前は握手《あくしゅ》しただろ？　その時にこの場所にお前だけ転移したんだよ」

「この場所はな？　俺達魔族のアジトだよ！　お前がさっきまで居た洞窟からは遥か遠くにある」

　だんだん状況が理解出来てきた。それと同時に、冷や汗が止まらない。

「そんな……ここが魔族のアジトだと？」

「クククッいいね～その恐怖に怯えた顔！」

　魔族達が楽しそうに俺を見て笑っている。コイツ等は何が目的なんだ？

「さぁ無駄話は終わりだ！　さっさと卵を渡せ！」

　魔族の視線は俺のリュックに向いている。

　そうか、魔族達はまだこの卵を狙《ねら》ってたのか……！

「そんな簡単に渡すと思うなよ？」

《ブラスト》

「ウワッ？」

「ギャッ！」

魔族達は突風に飛ばされる。

良かった、最近スバルに教えてもらった風魔法が役に立った！

魔族達が突風に飛ばされ怯《ひる》んだ隙に、俺は走って逃げ出した。息を切らせながら、背中の卵に言い聞かせる。

「卵！　大丈夫だからな？　絶対に俺はお前のことを魔族なんかに渡さないからな！　安心しろよ」

★　★　★

ティーゴが消えた後の離れ小島の洞窟は、騒然《そうぜん》となっていた。

銀太とスバルが身も竦《すく》むような声で、人魚の長を怒鳴《どな》りつける。

『人魚よ！　主に何をしたのじゃ！』

『おい！　さっさと答えろよ！　ティーゴに何をした』

『すみません……私達の子供達を助けるにはこうするしか……』

そう言って、人魚の長は手から何かを落とした。

スバルが素早くそれを確認する。

『これは転移の魔道具じゃねーか！　使い切りタイプか。おい人魚！　ティーゴを一体何処に転移させた？』

『分かりませんっ……魔族達に「助けに来た人族に、この魔道具を使え」としか言われてなくて……！　仕方なかったのです！　そうしないと私達の子供達を殺すと言われ……』

『何が仕方ないの？　私達には関係ないわ？　助けに来てくれた人に、よくそんなことが出来るわね？　何の見返りも期待せず……優しさだけで助けに来たティーゴに！　もしティーゴに何かあったら、私があんた達を皆殺しにしてあげるから』

ヒィッ……!!

三号の怒りの言葉に、人魚達は真っ青になり固まってしまった。

『魔族達よ……許さぬ……もし我の主に何かしておれば……』

『そうだな！　死んだ方がマシってくらい痛めつけてやるか……』

『魔族共を滅《ほろ》ぼしてやればいい』

『俺達を怒らせたんだ……覚悟してもらうぜ？』

こうして魔族達は、絶対に怒らせてはいけないSSSランク聖獣達の逆鱗《げきりん》に触《ふ》れたのだった。

★★★

魔族に見つからないように、気配を消して俺は必死に逃げているが……暗く迷路《めいろ》のような洞窟が続く。

広い洞窟内には無数の分かれ道があり、どれが外に出る正解の道かも分からない。下手《へた》に動き回れば外に出られないかもしれない……。

でもじっとしてたら、こんな洞窟内じゃ魔族に見つかるのも時間の問題だ……！

くそっ……どうしたら……いいんだ？

「せめて出口に繋《つな》がる道が分かればなぁ……」

俺がボソッと呟くと、プルプル……っとリュックに入れている卵が震えた。

「え？　卵、どうした？　まさか道が分かるとか？　なんてな……えっ？」

卵が震えて答える。

「本当に？　卵お前！　出口が分かるのか⁉」

プルプル……！

卵は「分かるよー！」っとでも返事するように震える。

「卵！　凄いじゃないか！」

俺はリュックを開けて、卵をヨシヨシと撫でる。

卵はピンク色に光ってプルプル震える。

「そうか！　嬉しいんだな？　卵！」

プルプル……！

卵に元気付けられたようで、不安だった気持ちが少し癒された。

ありがとうな卵！

「じゃ任せたよ卵！」

プルプル……！　卵は任せてくれと言わんばかりに震えた。

「こっちか？」

卵は反応しない。

「じゃあこっち？」

プルプル……！

「おっし。こっちの道だな！」

卵はまるで道が見えているかのように、俺を先導してくれる……卵の選ぶ道は魔族も居なかった。

しかし出口付近になると、流石に魔族があちこちに居て、俺はまた頭を悩ませる……。

「あんなに魔族が居たら、絶対に見つかる！　どうしよう……」

こんな時、スバルみたいに空を飛べたらなぁ……。

鳥に変身出来たら……。変身……ん？　そうか……！

メタモルフォーゼを使って、俺が人族の姿じゃなくなればいいんだ！　アライグマの姿なら魔族達も気付かないよな？

そうだ！　それがいい！　よっしっ！

《メタモルフォーゼ》

ボンッ！

体を見ると、小さくなって毛が生《は》えている。よしアライグマの姿になったな！

服をアイテムボックスにしまって、アライグマの自分の背丈《せたけ》と同じくらいある、卵を入れたリュックを背負《せお》う。

アライグマがリュックを背負ってたら可笑しいよな……でも仕方ない。どうせ魔族は、そんな細かいことまで気にしないだろ。

ゴクリ……ッ！　緊張《きんちょう》し、生唾を呑み込んだ。

「よし……行くぞ……」

プルプル……！　卵も震えて返事をしてくれる。

俺は魔族達がウヨウヨいる洞窟出口に向かった。予想通り、魔族達は俺が横を通っても全く見向きもしない。作戦成功だ！

このまま出口まで行って出られれば……！

そろり……そろり……ドキドキして、歩き方が変になる。普通にしないと……!!

誰にも気付かれないまま、俺は一歩ずつ出口に近づいていく。やがて、明るい太陽の光が差してきた。

やった！　出られる！

俺は急いで走って外に出る。

洞窟から出られた嬉しさと興奮のあまり、俺は周りをちゃんと見てなくて……絶対にしてはいけないミスを犯《おか》してしまった……。

石に躓《つまず》き、勢い良く魔族達の前で転んだのだ。

リュックから飛び出た卵が、魔族達の前に転がる……！

「あっ⁉　このタヌキ！　卵を持ってやがる！」

「はっ？　何で？　タヌキが？　人族は何処に行った？」

タヌキじゃねーよ！　アライグマだよ！

心の中で突《つ》っ込《こ》みつつ、俺は慌てて卵を拾い上げ、必死に走って逃げる。

「おい！　待てタヌキ！」

魔族達が慌てて俺を追いかけてくる。だからタヌキじゃねーって！

突如《とつじょ》、背中に焼けるような痛みが走った。

「ぐぁ！」

魔族の放った電撃が当たったらしい。

「いてて……っ何だよ！」

背中は熱いが、俺はそれでもひたすら走った。今止まったらダメだ！　絶対に捕まる。

「あれ？　あのタヌキまだ生きてるな？」

魔族達が不思議そうに俺を見て、再び魔法を放った。

「グッッ……ッ」

電撃がまたも俺の体に当たる……！　何回も……何回も！　めちゃくそ痛いだろ！　いい加減にしてくれ！

頭に来た俺は、風魔法で応戦する。

《ブラスト》

「うわっ⁉　なっ？」

「このタヌキ、魔法が使えるのか！　普通のタヌキじゃねーな、もしかして魔獣か？」

「まぁいい……さっさと殺して卵を奪わないとな！」

《ファイヤーボール》

無数の火の玉が俺目掛けて次々に飛んでくる。

「アヂッ⁉　うわっ」

魔族の奴等、俺を丸焼きにする気かよ！　ならこっちは――

《ウォーターウォール》

俺は魔法で水の壁《かべ》を作った……これでちょっとは防げるだろ？

「おいおい……？　あのタヌキ中々やるな……！」

「水魔法も使ってやがる」

魔族達が水の壁を見て感心している。すると、少し偉《えら》そうな奴が窘《たしな》めた。

「おいっお前等！　遊んでないでさっさと卵を取って来い！」

「……へーい」

シュンッ！

「……へっ？」

魔族が目の前に転移してきた……！　こんなことが出来るなんて、さっきまでは遊んでたのか？

魔族は俺を軽く掴み上げると、卵から引き剥《は》がそうとする。

嫌だ！　絶対に離さないぞ。

「何だコイツ！　卵を離さねーな！」

「グァッ……！」

魔族の奴が至近距離で電撃を放つ。

俺は余りの痛みに、気を失いそうになる。

「おい！　タヌキ、さっさと卵から離れろよ！　死にたいのか？」

電撃で痺《しび》れている俺を、さらに別の魔族が殴《なぐ》った。目の裏がチカチカする。

「アグッ……ッ」

そこからは電撃と殴打《おうだ》の繰《く》り返しだ。容赦《ようしゃ》ない魔族達の連続攻撃に、俺はとうとう意識が朦朧《もうろう》としてきた。

もうダメだ……！　力が入らない…………ゴメンな、卵。守ってやれなくて……絶対に守るって約束破《やぶ》って……。お前の龍になった姿……見たかったな。

瞼《まぶた》の裏に聖獣達の顔が浮かぶ。

銀太……スバル……一号……二号……三号。俺……もうダメみたいだ。

もっと……お前達と色んな所に行きたかったなぁ。飯もいっぱい作ってやりたかったな……。いっぱい撫でてやりた……かった。

ゴメン……な……こんな……簡単に……ヤられる、情け……ない主で……最後に……もう一度……顔が……見たかった……。

「……グッ……ア……」

「くくっやっと死んだか？　このタヌキ？　しぶとかったな」

そう言うと魔族は、動かなくなった俺を蹴飛《けと》ばした。卵が俺の手から離れ、コロコロと転がる。

「さっ……卵を持って行くか」

魔族達が持ち立ち去ろうとした瞬間、卵から目が開けられない程の眩《まばゆ》い光が放たれた……！

「ウワッ目が⁉　何だ？」

俺の視界も、真っ白に染まっていく――

★　★　★

その頃、銀太達はティーゴの居場所を見つけようと、必死に魔力探知をしていた。

『ねぇ！　誰かティーゴの居場所、探知出来た？』

三号は焦《あせ》っていた。こんなに仲間が居ても、誰もティーゴの居場所を見つけることが出来ない。

『まだ……分からぬ……主の膨大《ぼうだい》な魔力が探知出来ぬ訳ないのだが……この高貴なるオソロは主の居場所が分かるはずでは……？　何故分からぬのだ？　ふぬっ壊れておるのか？』

デボラに貰った高貴なるオソロ――銀色のブレスレットでは、何故かティーゴの居場所を探知出来ない。

スバルも険しい顔をしている。

『これは……ティーゴの旦那が気配を消してるのかもな……？』

『魔族に見つからぬようにか？』

『はぁ……っ、何でもいいから居場所が分かれば！　ティーゴの所に転移出来るのに！』

『こんなことしてる間にティーゴに何かあったら……』

2　卵の孵化《ふか》

ん……何だ？　すごく眩しい。

「あれ？　俺は魔族達に殺《や》られて……？　生きてる？」

体を動かそうとして、思わず声が出る。

「いっ……つっ……！　てて っ」

体中のアチコチが痛い……！

俺は……どうにか助かったのか？

自分に何が起こったのか理解出来ずに呆然としていると。

ペロッ……！

「はわっ⁉」

何かが俺の頬を舐《な》めた！

慌てて起き上がると、目の前に、ピンク色をした体長十五センチ程の小さな龍？　がいた。フワフワした毛並みの背中には小さな翼もある。

「えっ……⁉　お前は？」

——ティーゴの卵だよ。

「たたっ⁉　卵？」

小さな龍は言葉を発さず、直接頭に話しかけてくる。最初に銀太に会った時みたいだ。

——やっと生まれて来られた。ティーゴが死んじゃうっ！　絶対に助けるの！　って思ったら生まれたの！

「お前！　あの卵なのか⁉」

よく見ると周りには結界が張ってあり、魔族達は俺達に近付けないでいる。そして、近くにはハイポーションの空《あ》き瓶《びん》が転がっていた。

龍がリュックに入ってたハイポーションまで、俺に飲ませてくれたみたいだ……。

「凄いな卵！　お前が俺を助けてくれたんだな？　ありがとう！」

俺は小さな龍を抱き上げて、頭をヨシヨシする。

——はわわっ。

「可愛いなぁ……こんなフワフワした毛並みの龍もいるんだな。龍ってみんな鱗《うろこ》だと思ってたよ」

——可愛い？　良かったの！　この姿にして。鱗姿の龍だとモフモフしてもらえないの！

「ええ？　モフモフ？　この姿、選んだの？　いやそんなまさか」

混乱する俺に、龍はさらに畳《たた》み掛ける。

──ねぇティーゴ。早く私もテイムして欲しいの！

「えっ⁉　お前は生まれたらエルフの里に帰るんじゃないのか？」

──ええっ……⁉　何で？　帰らないの！　私はティーゴとずっとずーっと一緒に居るの！

「……本当にいいのか？　俺がテイムして」

本当に大丈夫か？　聖龍の卵から誕生した貴重《きちょう》な龍だぞ？　俺なんかがテイムって……。

──ティーゴがいいの！　ティーゴのためにこの姿にしっ……ゲフンゲフンッ！

「えっ？　何て⁉」

──ととっ……っとにかく！　ずっと一緒なの！　一緒がいいの！

「──分かったよ、ありがとうな！」

そこまで言われてテイムしないなんて男が廃《すた》るぜ。

「じゃあテイムするよ？」

《テイム》

眩い光が俺達を包む……温かい何かで俺は満たされていく……。

──さぁ！　名前をつけて？

名前か……？　銀太の時はすぐに浮かんできたんだけど……何にしよう？

うーん……龍っぽい名前？

コイツは龍っていうより、どっちかって言うと妖精みたいに可愛いしな……。

妖精……？　そうだ！　子供の頃に読んだ絵本に出てきた妖精の王の名前……確かティターニア！

決めた！

「ティア！　お前の名前はティアだ！」

『ティア……私の名前……！』

龍は名前を繰り返すと、今度は楽しそうにはしゃぎだす。

『わーい♪　嬉しいの♪　ティア！　ティア♪』

小さな翼をパタパタッとさせて、クルクルと飛び回る。ティアは嬉しそうだ。その姿は物凄《ものすご》く可愛い。

それにしても、もふもふの龍なんて……いるんだな。

と思いながら見ていると、ステータス画面が突然現れた。

【聖龍　慈愛《じあい》の龍】
名前　　ティア

種族　聖龍
ランク　S
年齢　0
性別　ナシ
レベル　1
体力　10000
攻撃力　20000
魔力　30000
幸運　50000
スキル　全属性魔法　メタモルフォーゼ
加護《かご》　慈愛の女神《めがみ》ヘスティア
主　ティーゴ　（ティーゴのことが大好き）

わっ？　神眼でティアのステータスが勝手に！

なっ何⁉　【慈愛の龍】？　何だそれは⁉

しかも生まれたばかりなのにもう女神様の加護がある……！　さすが聖龍の卵だ。凄いステータスだな！

『ティーゴ！　早く銀太達を呼ばないと！　結界の周りに魔族が集まって来てる！　ティアはまだ結界張るくらいしか出来ないから……！』

俺にテイムされたことで人語を話せるようになったティアが、声に出して忠告してくる。

そうだった！　ティアのことに夢中で、自分が置かれている状況のことをすっかり忘れてた。結界の周りにはウジャウジャと魔族が集まって来ている。

「銀太達を呼ぶったって……どうしたら？」

『ティーゴの魔力を解放するの！　その魔力に気付いてすぐに飛んで来ると思うの！』

あっ！　なるほど……今と反対のことをしたらいいんだな。

よーしっ！　一気に魔力を解放だ！

次の瞬間、いきなり目の前に銀太達が現れた！

『主っ！』

『ティーゴの旦那！』

『『ティーゴ！』』

少しの間離れていただけだったのに、随分《ずいぶん》久しぶりな気がした。

「銀太……助けに来てくれたのか……！」

『主！　何でアライグマの姿なのだ？』

「……これには色々と訳があってな……？　いっつ……」

『主、どーしたのじゃっ、その怪我《けが》は⁉』

『魔族達よ！　アイツ等ティーゴに魔法ぶつけて殴って蹴《け》って、もう！　ティーゴに痛いことばっかりしたの！』

ティアが俺の代わりに、怒りながら魔族達のしたことを伝えてくれる。

『なんと……許せぬ……主を……！　痛かったであろう？　我が来たからもう大丈夫じゃ』

銀太は俺に全回復魔法をかけてくれた。

「ありがとう銀太！」

三号は俺のそばを離れないティアのことが気になるのか、ジッと見ている。

『貴方もしかして……卵？』

『そうよ！　卵よ。でも今はティア！　ティーゴが可愛い名前を付けてくれたのよ！』

『そう……生まれたのね……！』

『お前！　卵か？　へぇー珍《めずら》しいな、ピンク色の龍って……！』

『おお！　卵っすか！』

一号達が興味津々《しんしん》にティアのことを見ている。

ティアは名前ではなく卵と言われたのが気に入らないようだ。

『だから！　今は卵じゃなくて！　ティアだもん！　ティア！』

クルクル飛び回りながら、自分はティアだと必死に叫んでいた。

『まぁ……？　卵の感想は後にして……今は魔族の奴等よ……許さないわよ？』

『死んだ方がマシだと思わせてやる……！』

『行くぞみんな！　ティーゴの仇《かたき》取ってやる！』

あの……？　聖獣さん達？　大丈夫か？　お前達が思いっきり暴れたら……やばくないか？

「あっあの……みんな？　そんな頑張らなくていいと思うぞ？　なんなら誰か一人だけでも十分だよな？　あの……みんな聞いてる？　おーい……？」

そんな俺の意見は聞こえてないようで、聖獣達は意気揚々《いきようよう》と魔族に向かっていった。

魔族達はと言うと、先ほどまでの勢いは何処へやら、突然現れた聖獣軍団が現実のことだと理解出来ないのか、逃げることも忘れて固まっていた。

『行くぞー！』

『ティーゴの仇だぁ！』

『皆殺しだぁ！』

銀太達は怒りながら魔族の所に向かっていった。

手始めに魔法で威嚇《いかく》した後、取り囲んで逃げ道を塞ぐ。そして手当たり次第に魔族をボコボコにしていった。

「あっあわわわわわ……！」

急に現れた聖獣軍団に、魔族達は驚愕《きょうがく》し逃げ惑《まど》う。もう阿鼻叫喚《あびきょうかん》……地獄絵図《じごくえず》だ！

『イケイケー！　ティーゴの仇！　いいぞやっちゃえ！　やっちゃえー!!』

ティアは俺の頭の上に乗り、ノリノリで応援している。

銀太達は、小さい虫でも踏《ふ》み潰《つぶ》すかのように魔族達を一瞬で倒して行く。

騒ぎを聞きつけた他の魔族達が、洞窟からワラワラと出てくる。その中から一際《ひときわ》強そうな魔族が現れたと思ったら、銀太の足元までやってきて、いきなり土下座《どげざ》をした。

ええ……あいつ、このアジトのボスだよね？

あっ……銀太に潰された……！　だよなぁ。土下座では許さないよな。

あれ？　三号がボスを回復させた？　と思ったら、今度は一号が魔法で灰に？　そしたらまた三号がボスを回復させた……って！

やばいやばいやばいっ！　アイツ等、怖い！

俺は銀太達を止めに行くことにした。

「銀太！　もう大丈夫だから！」

『何が大丈夫なのだ？　我はこやつ等を絶対に許さぬ』

『そうよ？　ティーゴは優し過ぎよ？』

『ここに居る魔族達全てが、殺してくださいって言うまで許さないわ！』

ヒィッ……!!

三号の言葉に、魔族達は震え上がり失神寸前だ。

そしてここに居た魔族は、聖獣達の手によって全滅《ぜんめつ》した……。

閑話――魔族達の呟き

ここは魔族の領域。下《した》っ端《ぱ》の兵達が、城の地下で雑用をさせられていた。

一人の魔族が周囲の数人にヒソヒソと話しかける。

『おいっ！　聞いたか？』

『何をだよ！』

『どうやら四天王の一人、バフォメット様のグループが消滅《しょうめつ》したらしいんだ……』

『えっ？　はっ？　嘘だろ？　四天王の中では一番勢力があって人数も多かったよな……？　それが？』

『何があったのかは知らないが、拠点《きょてん》としていた洞窟の仲間達全てが一瞬で消滅したんだって』

『そんなことあるか？　だってあの洞窟には千人くらいの仲間が居ただろ？』

『どうやらバフォメット様達は触れてはいけないものに触れたらしい……』

『触れてはいけないもの⁉』

『何だよ！　それ！　気になるな！』

盛り上がる彼等を、監督役《かんとく》の魔族達が叱りつける。

『おいっ！　お前達……無駄口叩いてないで言われた仕事しろ！』

『ライバルだったバフォメット様がいなくなって、ベルゼブブ様は張り切ってるんだ！　さっさと体を動かせ……はぁ……』

途中まで威勢《いせい》の良かった監督役だが、語尾《ごび》が萎《しぼ》んでしまう。彼もまた、バフォメットが消えたことで不安を抱いているようだ。

下っ端達は渋々《しぶしぶ》作業に戻る。

『分かりました……』

『俺達はバフォメット様の所みたいに消滅したりしないよな？』

『大丈夫だよな？』

『俺達は触れてはいけないものに……』

『触れてないよな？』

魔族達の噂話はその後も続いていく。

★　★　★

さっきまで洞窟だったはずの場所は、天井に当たる部分が消え去り、ただの岩場と化していた。

一瞬で、この辺り一帯の魔族が全て居なくなった。本当に凄いな……聖獣達は。

何もなくなり、ただの平地と化した魔族の元アジトを見ていると、スバルが話しかけてくる。

『ティーゴの旦那！　あの奥に、魔族に捕まった人魚の子供達が居るんじゃねーか？』

『本当だのう……魔族ではない何かの気配がするのだ』

『そんなのほっといたらいいのよ！　ティーゴにあんな酷《ひど》いことして！　私は許さないいんだから！』

スバルと銀太が人魚の子供を見つけたようだが、三号は納得がいかないのか、ほっておけと俺のために怒ってくれている。

『ティアも！　それがいいの！　人魚があんなことしなかったらティーゴは痛い思いしなかった！　ティアのためにいっぱい殴られて蹴られて……ううっ』

ティアも怒ってくれている。

「三号……？　ティア……？　お前達の気持ちは凄く嬉しいよ！　本当に嬉しい……でもな？　人魚の子供達に罪はないし、助けてあげたいと思うんだ。だめか？』

三号とティアは見つめ合うと、少し不服《ふふく》そうな顔をするも、最後には頷《うなず》いてくれた。

『……ティーゴがそれでいいんなら私は別に……助けても……』

『ティアも……いいけど……』

これは助けていいってことだよな？

「ありがとうな！」

俺は三号とティアの頭を撫でた。

三号は尻尾を振り、ティアも小さい翼をぴこぴこと動かす。

嬉しそうだ。ふぅ……良かった。

「スバル！　銀太！　人魚の子供達は何処にいるんだ？」

銀太とスバルが指した先は、何もない土の山だった……。

「そこに？　人魚の子供が居るの？」

『多分な？　魔法で土山に偽装《ぎそう》して見せてるんだぜ』

「そんなのどうするんだ？」

『俺に任せてくれ！　得意分野だ！』

二号が率先《そっせん》して前に出て来た。何をするのだろう……？

二号が手を動かしたと思った次の瞬間！

土山が大きな水槽に変わった……！　中には人魚の子供達が泳いでいた。

「何これ！　何で？」

ビックリして思わず声に出す。

「二号凄いなぁ！　こんな魔法も使えるなんて！」

俺は二号の頭をヨシヨシと撫でた。
『むう……我だって出来るのだ！』
『俺だって余裕だ！』
二号を褒めたら銀太とスバルが張り合って来た。
「くっ……みんな凄い凄い！」
俺はそう言いながらみんなの頭を撫でた。
『主のヨシヨシは気持ちいいのだ……』
『俺は別に撫でて欲しくて言った訳ではねぇ……！』
『ティアもヨシヨシ……ふふっ……』
相変《あいか》わらず聖獣達が可愛い。
「ところで、この人魚達をどうやって運《はこ》ぶ？」
『この水槽ごと、人魚達が居る島に転移したら早いんじゃねーの？』
スバルは簡単そうに話すけど……。
「そんなこと出来るのか？」
『銀太と二号の二人で、空間転移魔法を使えば、遠距離でも転移出来ると思うぜ？』
『ふうむ……？　やったことはないがの……試してみるか？』
『そうだな。失敗しても人魚達が何処かに消えるだけだ！』

二号がしれっと怖いこと言ってる……消えるだけ？

「銀太、二号！　頼《たの》んだよ？　失敗しないでよ？」

『主！　安心して見ておくがいい』

《空間転移》

銀太と二号が魔法を唱《とな》えると、目の前の水槽が消えた。

「水槽は何処に転移したんだ？　人魚が捕まっていた島か？」

『そうじゃ、親が捕まっていた洞窟じゃ……主の無事が分かるまで、奴等は洞窟に閉じ込めてあるのじゃ……！』

あわわわ……っ、銀太が今また、しれっと怖いこと言ってる！

洞窟に閉じ込めてる？　確か、俺とみんなで助けてあげたよね？

「なっ？　銀太、どういうこと？　閉じ込めてるって？」

『そのままの意味だの！　主に酷いことをした奴等を、そう易々《やすやす》と逃すものか』

『その通りよ！　さぁ私達も人魚の所に転移しましょ？』

三号がそう言うと、俺達は元の洞窟に転移していた。

それを見て、人魚達がこちらに集まって来た。

『おおっ！　聖獣様！　了供達を助けてくださり、ありがとうございます』

彼等との間には透明《とうめい》な壁があるのか、それ以上はこっちに来られない。

人魚達の横に、子供達の水槽が無事に転移していた。

『もうこの壁はいらないわね』

三号がそう呟くと透明の壁がなくなり、人魚達がワラワラと近づいてきた。

『人族様……ご無事で良かったです』

長のテスラさんだ。さっき転移させられたから、ちょっと怖いな。

『全然無事じゃなかったわよ！』

三号がそう言ったと思った瞬間……！

《ホーリーランス》

光の槍がテスラさんを貫いた。

ズシャァーーーーッ！

テスラさんは体から血を噴き出して倒れた。

『キャァーーーッ!!』

これを見た人魚達は大騒ぎだ！

『ふんっ！　本当は全員に魔法をぶつけてもいいくらいだけど……？　代表してお前だけで許してあげるわ？』

あわわわわわっ！

ダメダメダメダメダメダメッ！

何しちゃってんの！　二号！　許したことになってないよ？　これ！

「さささっ三号？　ダメダメっ！　早くリザレクションして！　なっ！」

『えー……いやよ。だって人魚にもお仕置きしないと、ティーゴがスッキリしないでしょ？』

俺が？　スッキリ？　三号じゃなくてか？　何だ、そんなこと心配してたのか？

「スッキリしたなあー！　あー……スッキリした！　俺は大丈夫！　三号ありがとうなぁ」

俺はそう言って三号をヨシヨシしながら撫でまくった。

「なっ！　だからリザレクションしてくれ！」

『………もうっ、ティーゴが言うなら』

《リザレクション》

テスラさんの体がうっすらと光り、少しして目を開けた。

『……はわっ⁉　私は……？　お迎《むか》えが来ていたような……』

良かった……テスラさん生き返った……。あー……ビックリした。

人魚達は真っ青な顔で頭を下げ、すみませんでしたと半泣きで謝《あやま》ってくれた。

俺がもう大丈夫ですと言うと、急いで海に帰って行った。

余程怖かったんだろう……。

『もっと懲《こ》らしめても良かったのに！　ティーゴの旦那は優しいなぁ』

『本当にのっ！』

聖獣達はものすごく可愛い……でも俺のこととなると、ちょっとタガが外《はず》れるみたいだ。

この先、気をつけないと。

3　カスパール様に挨拶

洞窟を出て、俺は伸びをした。光が眩しい。

ふう……とりあえずこれで一段落か？

釣り大会から色々あって散々《さんざん》だったな。

俺、死にかけてたし……ティアが卵から孵ってくれなかったら……死んでたかも。

ブルッ……！

『主～？　どうしたのじゃ？　そんな顔して……？』

「何でもないよ！　お前達が俺の使い獣で良かったなって……！」

『そんなこと！　我は主が大好きなのだ！』

銀太が俺の頬を舐める。

『ティアだって！　ティーゴが大好きなんだから！』

二匹は俺に擦《す》り寄って来た。それを見た一号、二号、三号も尻尾をプリプリ振って走って来た。スバルは俺の頭にポスンッと乗ってくる。

ふふっ。死ななくて本当に良かった。はぁ……最高に幸せだな。俺。

さてと、この後は、ニューバウンに戻って、釣り大会で釣った魚で海の幸パーティーだ。

そうだ！　どうせ転移してニューバウンに戻るなら、一号達に頼んでカスパール様のお墓に転移してもらって挨拶に行くか！　こういう挨拶は早いほうがいいからな。

決めた、そうしよう！

「あのさスバル、一号、二号、三号！　俺な？　カスパール様に挨拶しに行こうと思うんだけど……連れて行ってくれるか？」

『えっ？　主にか！』

『何で？』

『カスパール様に会いたいのか？』

『会ってどうするっすか？』

スバル達の頭には疑問符が浮かんでいる。

「俺がお前達の新しい主になっただろ。大切な仲間を大事にしますって挨拶したいんだ！」

『ティーゴ……！』

『何よ！　嬉しいこと言ってくれちゃって！』

『大切な仲間って……』

『あっしは……嬉しい』

「だからな？　連れて行ってくれないか？　カスパール様の所へ」

『おう！　もちろんだぜ！』

『そうよ！　今すぐいく？』

『行こうぜ！』

『よっし転移っすね』

一号が気合《きあい》を入れた瞬間。

ぐぅう～……。銀太のお腹の音が鳴り響いた。

俺は思わず噴き出してしまう。銀太はしょぼんとしていた。

『我はお腹が空《す》いたのじゃ……』

「よしっ！　それじゃ、カスパール様の所でみんなでご飯にするか？」

『魚パーティーか？』

『はわわっ……ティアはやっと……！　やっとティーゴのご飯が食べれるのねっ！　卵の時は見てるだけだったから……ゴクリッ』

『『パーティー♪　パーティー♪　パーティー♪　パーティー♪』』

聖獣達は楽しそうに歌っている。ティアが加わってますます賑《にぎ》やかになってきたな。

「よし！　カスパール様の所に行こう」

転移した瞬間、冷たい空気に包まれる。

カスパール様が住んでいたという家は、高い山の頂上に作られていて、まず人が普通に来られない場所だった……家の下には雲海《うんかい》が広がっている。

まるで雲の上に居るようだ。

「凄い……綺麗な所だな」

『だろう？　雲に乗ってるみたいだよな！』

スバルは自分のことのように嬉しそうだ。

『我は何だかお尻がムズムズするのだ……』

どうも銀太は高い所が苦手《にがて》みたいだな。

『こんな綺麗な所があるなんて……！　ティア感動なの！』

『さぁ！　中に入って主に会ってくれよ！』

「えっ？　家の中にカスパール様のお墓があるの？」

『お墓？　何だ？　それは分からないけど、家にカスパール様が居るっすよ』

スバルや一号達は、まるで家にカスパール様が居るように話す……。

不思議に思いながらも、俺は聖獣達の後ろに立った。

『さぁ入って！』

ガチャリ……！

スバルが入り口の扉を開けると、瞬間、眩い光が俺達を包む。

『えっ？　何だこれ？　今までこんなことなかったぞ？』

光が収まると、俺の目の前に、歴史の本で見た姿のカスパール様が立っていた！

『なっ？　あっ……⁉　じいじ！　何で？』

スバルがカスパール様のことを「じいじ」と呼び、慌てて飛んで行く！

……が、そのままカスパール様の体をすり抜け、壁に衝突《しょうとつ》する。

『なっ？　これは……⁉』

「くっくっくっ……久しぶりじゃのスバル……一号……二号……三号。ビックリしたかの？　これはの、〝ホログラム〟という魔道具なんじゃと。デボラが教えてくれたんじゃ！映像を残すことが出来ると聞いた。こんな魔道具があるなんて、凄いのう……」

『『『カスパール様……』』』

一号達は息を呑んでじっとカスパール様を見つめる。

「皆は元気にしとるか？　飯はちゃんと食べておるか？　お前達と王様のパンを取り合うことが出来ぬのが、寂しいのう……」

『うっ……う……じいじ……』

スバルは大粒《おおつぶ》の涙を流している。

「何故……今さらワシのホログラムが見えるのか、皆は不思議じゃろ？　これはの……この家に、ワシ等以外の者が入って来た時に発動するように作ってもらったんじゃ……今、ワシの目の前にはスバル達の新しい主が立っているのではないか？」

「はっはい！」

俺は思わず返事をする。

「お前達がこの家に連れて来る者など……余程気に入った存在。お前達の主となる人族しか居らぬからの……？」

『『カスパール様』』

カスパール様は、まるで俺達の反応が分かっているかのように、目を細めた。

「主となった者よ？　ワシの可愛い可愛い孫《まご》達をよろしく頼んだぞ？　昴、暁、樹、奏、いい主に出会えたようでワシは安心した……。心底嬉しいぞ。新しく主となった者よ？　ワシの孫達はああ見えて甘えたなんじゃ。たっぷり甘やかしてやって欲しいのう？　悲しませることなど、絶対に許さんからの？」

「はい！　もちろんです」

「昴、暁、樹、奏、これで本当に最後じゃ。ワシの孫になってくれてありがとう。ワシはお前達と出会えて幸せじゃった。新しい主と幸せになるんじゃよ？　ではの………」

そう言った途端《とたん》、カスパール様の姿が薄くなっていく。

『やだっやだ！　消えるなよっ！　じいじっ！　もっと話してくれよ！　スバルって呼んで……うっううう……っ』

『いやだ！　カスパール様！　消えないで！　ふうっ……』

『何で今なのよっ！　もっと話してよっカスパール様！　消えないでっ！　いやよっ……おねが……い……』

『カスパール様……消えないで……』

そして、カスパール様のホログラムは消えた……。

スバルと一号、二号、三号達は泣きじゃくり……俺は……みんなが泣きやむまで、ただ頭を撫でることしか出来なかった。

★　★　★

「ふぅーっ」

スバル達、やっと落ち着いたみたいだな。

それにしてもビックリしたよ……急にカスパール様がホログラムで登場するなんて……！　映像だと分かっていても、緊張しちゃって汗が止まらなかった。正直《しょうじき》今もドキドキしている。

落ち着いてカスパール様の家を見ると、必要な物しか置いてないシンプルな家だった。

安心感のある落ち着く家だ。何だろ、実家に居るみたいだな……。

『急に主が現れるからよっ！　ビックリしちまった……！』

『本当よね。でも……話してるカスパール様を久しぶりに見れたから、嬉しかったな』

『そうだよな！　俺はまたあの映像が見たい！』

『あっしも何回でも見たいっす』

泣きやんだと思ったら、映像のことをワイワイと楽しそうに話してるや。

「スバルはカスパール様のこと、じいじって呼んでたんだな？」

『はっまっ……!?　そっそれは、たまただよ……！』

スバルは照れてモジモジと翼を擦り合わせ、恥ずかしそうに話す。

『昔はずっとじいじって呼んでたわよね～？』

三号がそんなスバルに、追い討《う》ちをかけるように囁《ささや》く。

『そっそれはっ！　主が……じいじって……あーっ！　もういいだろっ！　早く主の所に行こうぜ！』

『はいはい……』

『ティーゴ！　この部屋にカスパール様が居るんだ！』

扉を開けて、案内された部屋に入ると……！

透明のケースに入り、沢山の花で飾《かざ》られたカスパール様がそこに居た。

「何だか眠《ねむ》ってるみたいだな……」

『でしょ？　亡《な》くなってるように見えないでしょ？』

『朝、おはよー！　って……起きて来ねーかなって……いつも思ってた』

そんなカスパール様の顔は笑っているようにも見える……。最後まで幸せだったんだろうな、って思った。

俺は姿勢を正《ただ》して、カスパール様に話しかけた。

「カスパール様！　新しい主になったティーゴです！　まだまだ未熟者ですが、昴、暁、樹、奏の主としてみんなと……大切な仲間達と、楽しく仲良く冒険したいです。少しでもカスパール様に近付けるよう、頑張ります！」

カスパール様が返事をすることはないと分かってはいても、つい体に力が入ってしまう。

最後まで言い切った後、俺は安堵《あんど》の息をついた。

『なに、そんな緊張してんだよ？』

「緊張するだろ？　普通！　大賢者様の前だぞ？」

スバルにそう答えていると、銀太が部屋に入って来た。銀太は空気を読んで、邪魔しないように今まで部屋の外で待っててくれていた。

『主～お腹空《す》いた！　我はもう……！　限界なのじゃ……』

「そうだよな……俺達昼ご飯食べてないもんな！　よしご飯にするか！」

ご飯が出来るまで待ちきれないだろうから、とりあえず甘味を出しとくか。アイテムボックスから大福とケーキを出した。

『やったー！　甘味なのだ！』

『ハワワワッ……これが甘味……みんなが美味しそうに食べてたのを、ティアはやっと食べれるのね……！』

『おお！　これは黒い最終兵器じゃねーか！　美味いんだよな……』

スバルは相変わらず大福を「黒い最終兵器」と呼んでいた。

よしよし……甘味でひとまず空腹《くうふく》も落ち着くだろう。

さあ！　ご飯を作るぞー！

今日は沢山の魚介類がスバルのおかげで手に入ったから、あれを作ってみたいんだよな。

小麦粉をコネコネ……生地を丸く整えてちょっとだけ寝かせて、その間にクラーケンを切って……海の幸、エビや貝も下拵《したごしら》えしてっと。

指で生地を触り、弾力を確かめる。ヨシ！　生地もいい感じだな？

生地を丸く広げて大きく伸ばしていく……ここに俺特製のトゥマトソースを伸ばして塗《ぬ》る。この上にクラーケンの足やエビ、貝をちりばめて。

上から沢山のチーズをかけて、仕上げに窯で焼くだけだ！

ああ……仕上がりを想像するだけで……喉《のど》が鳴る！　絶対に美味い！

焼き上がるのを待つ間にもう一品……大きな白身魚をフライパンに置き、塩コショウをまぶし、ニンニクを丸ごと入れた油で焼いていく。

魚に火が通ったらカラフルな野菜をのせて、さらに酒と貝を入れて少し煮込《にこ》む。

この時に隠《かく》し味を入れるのを忘れないように。

よっしっ！　完成だ！

窯からは、焼けたチーズの香ばしい匂いが漂ってきた……はぁ、堪《たま》らない！

『主！　美味そうな匂いがする！』

『本当だ！　何だこの匂いは！』

ジャジャーンッ！

俺は効果音付きで、作った料理をテーブルに並べる。

「海の幸たっぷりピッツァだよ！」

それを見た銀太達はウットリと目を細め、そしてすぐにかぶりついた。

『ハムッ……美味いっ！　美味いのだ！　ピッツ！　ピッツ！　我はピッツが気に入ったのじゃ！』

銀太は「ピッツァ」が上手く言えないのか、「ピッツ」と言いながら必死に食べている。

『銀太！　独《ひと》り占《じ》めすんな！　俺にもピッツァ寄越《よこ》せ！　モグッ……何だこれは……⁉

口の中でクラーケンが踊《おど》ってやがる！　おいおいそんなに暴れないでくれ！　おかわりだ！』

スバルはまた大袈裟《おおげさ》に感想を言ってるな。クラーケンが踊るってなんだ？

『本当美味しい！　魚介類とチーズって意外と合うのね！』

ジャンジャン焼くからな？　仲良く食べろよ？

「もう一品あるぞー！　こっちは丸ごと焼き魚だ！」

『おいおい……こっちは貝と魚に、カラフルな野菜の共演かよ……。クラーケンの踊りといい……これぞ海のカーニバル！　中々やるな海の幸パーティー！』

ブッッ！　ダメだもう我慢《がまん》出来ない！　何だよ……！　海のカーニバルって！　それはタダの焼いた魚介類だ！

『ティーゴ！　美味しいの！　ティアは幸せなの！』

ティアがパタパタ飛び回りながら食べている。

「ティア？　落ち着いて食べないと喉に詰《つ》まるぞ？」

『ああっ……ティアは幸せっんぐっ！』

言ってるそばから、やっぱり……喉に詰まった。

俺はティアの背中をトントン叩いてやる。ティアはゴクリと呑み込むと、息を吐いた。

『はぁ……！　ビックリした』

「ティア……？　落ち着いて食べろよ？」

『はーい』

そうこうしているうちに、二枚目のピッツァが焼き上がったぞ！

「おかわりいるかー？」

『『『はーい！』』』


『ふう……お腹いっぱいだ……』

『だな……我はもう食べられぬ』

スバルと銀太は満足したのか、腹を見せて部屋のソファに寝そべっている。みんなよく食べたなぁ……美味かったもんな、ピッツァも魚も。

ティアが俺の肩の上に乗ってきた。

『……ティアはもう眠いの！』

「確かに疲れたな……俺も眠い……あふっ」

欠伸《あくび》をし、眠そうにしていたら三号がドアの方を指した。

『奥の部屋にベッドがあるから、今日はここで寝る？』

そのまま奥の部屋に案内してくれるようだ。

「……そうだな……もう今日は寝ようか」

ボフンッ！

部屋に入った瞬間、俺はベッドに倒れ込む。

「はふっ……」

ついて来た銀太が枕元で寝そべり、スバルとティアは俺の腹の上に。

一号、二号、三号は、俺の横にピッタリくっついて寝そべる。

この寝方が定番になってきたな……。

そう思いながら俺は瞼を閉じた。

閑話——カスパールの苦悩《くのう》

これは三百年の昔、大賢者カスパールが生きていた頃の物語。

ワシ——カスパールは、自室でうんうんと唸《うな》っていた。部屋の外からは、居間で遊んでいる可愛い孫達の声が聞こえてくる。

自分の死期が近づいているのを悟《さと》り、ワシはなにかメッセージを孫達に残そうと思い立った。

目の前にあるのは、見慣れぬ黒い器具。

デボラが、スバル達に手紙を残すより、今最新の魔道具がオススメじゃと言うから買ってみたが……これは、ふうむ……？

まずはこの魔道具の前でワシが喋《しゃべ》ればいいんじゃな……ゴホンッ！　ええと……魔道具に魔力を通し……？

ジー……。

何か魔道具から音が聞こえる。

むっ？　もう録《と》っておるのか？

「ゴホンッ……ワシじゃ！　カスパールじゃ！　元気にしておるかの？　ワシはお前達のじいじになれて良かったのじゃ……ワシはお前達のことが大好きでの……ああ！　そうそう、初めてスバルと出会ったのはお前が誕生した時じゃ……あの時のお前は可愛かったのう……無事生まれた時は感動したもんじゃ！　一号、二号、三号達から助けた時はドキドキしたもんじゃ！　スバルが元気に成長してくれてホッとしたのう……これも一号、二号、三号達がワシを助けてくれたおかげじゃの！　お前達がワシにずっとついて来てくれたのも嬉しかったのう……お前達はワシの可愛い孫じゃ。お前達との楽しい冒険は……」

そこまで話したところで、急に魔道具が音を鳴らし始めた。

ピーッピーッ……。

録画を終了します……。

はわっ！　しまったのじゃ！　彼奴《あやつ》等の新しい主に向けてのメッセージでもあるという

のに……スバル達のことばかり喋り過ぎたかの……？

　困ったのじゃ。これは中々難しいのう。

　よしっ！　録り直しじゃっ！

「ワシじゃ！　カスパールじゃ！　これをお前達が見ているということは、ワシはもう死んでいるのじゃな……ワシはお前達の主になれて幸せじゃった……この年で可愛い孫が四人も出来るとは……ワシは……!?」

『主ー！　お腹空《す》いた！』

「そう、お腹が空《す》いた……はわっ！　こりゃスバル！　急に入って来るでない！」

　スバルが急に部屋に入ってくるものだから、ワシはセリフを間違えてしもうた。

『だってぇーお腹空《す》いたんだもん……王様のパンが食べたいな』

　スバルの腹はグゥ～と、悲しそうに鳴く。

　確かにワシも腹が減《へ》ったのう……。

「はぁ……分かったのじゃ！　飯にするかの」

『わーい！　やったー！　俺は王様のパンがいいな！』

「ヨシヨシ分かったのじゃ……王様のパンじゃの」

　ピーッピーッ……録画を終了します。

魔道具がそう音を発するのが、後ろから聞こえたのじゃった。

こうしてワシは何度も何度も録り直し、やっとのことでホログラム映像が完成したのであった。

★　★　★

「ンンッ？　何だ？」

俺の顔に何かが当たってる？　これはティアか？　腹の上で寝ていたはずのティアが、俺の顔の上に転がってきていた……寝相《ねぞう》悪いなコイツ。

「ん～っよく寝たな……！」

今日はニューバウンのギルドに挨拶に行かないと。辺境伯の家にも髪飾りを返しに行かないといけないし……。

のんびり旅のはずが、やることがいっぱいだな……ふぅ。

よしっ！　決めた！　予定が全部終わったら当分の間のんびりするぞ！

「……とりあえず朝ご飯作るか！」

俺の上に乗っているスバルとティアをベッドに下ろして、朝食の準備に調理場へと向かう。

「カスパール様の家だし、朝はこれだよな！　王様のパン」

アイツ等が起きて来る前に、いっぱい焼いておかないとな。そうだ、カスパール様の分も焼こう！

ジュワ～、と音を立てて生地に焼き目がついていく。パンケーキを焼くのが上手くなったよな、俺。銀太達と出会ってから一番作ってる料理だし上手くなるはずか。

……ガチャ！

調理場の扉が開いた。

『いい匂いがするのだ……！』

まず起きてきたのは、食いしん坊の銀太だ。

「おはよー銀太。パンケーキ焼けてるよ」

『おおっ王様のパンか！　美味いからのう、これは！』

話していると、小さな翼が羽ばたく音がして……。

『王様のパン？　ティアはこれ食べたかったの！　はぁぁ……』

ティアが起きて来て、王様のパンの周りを、ウットリしながらパタパタと飛んでいる。

『おはよー！　おっ！　王様のパンか！』

「あっ！　スバル！　カスパール様の分も焼いたんだ！　持って行ってくれる？」

『えっ？　主の分まであるのか？　ありがとうな……ティーゴ』

スバルが少し嬉しそうに、カスパール様の所に飛んでいった。

『『『おはよー』』』

『わぁ！　王様のパン！　朝はやっぱりこれよね！』

『あっしはこれが一番好き』

『俺はティーゴのご飯全部好きだ』

一号、二号、三号……っとみんな起きて来た！

忙しくなるぞ。

焼いては並べ、焼いては並べ、しかし皿の上のパンケーキはどんどん消えていく。

俺は自分でも食べながら、さっき考えた予定についてみんなに話すことにした。

「今日はニューバウンのギルドに行こうと思ってるんだけど、いいか？」

『我はティーゴが決めたならそれでいいのだ……おかわり！』

『ティアはティーゴと一緒なら何でもいいの！　モグモグ』

スバルや一号達も同じように賛成して、そして同じようにおかわりを要求してきた。

みんな、嬉しいことを言ってくれる。

しかしよく食べるな……もう小麦粉がなくなるぞ。ニューバウンで食材も買い足《た》しだな。

朝食の後、荷物を整えた俺は、カスパール様の部屋に入った。

やっぱり、昨日と同じように横たわっている。

「カスパール様！　また遊びに来ます！　家に泊めていただき、ありがとうございました」

挨拶を済ませたし、出発だ。

居間に集まったみんなに言う。

「みんな、ニューバウンに行くよ！」

《ニューバウンに転移》

二号の魔法で、すぐに景色が切り替わった。

「おおっ！　ニューバウンに戻って来た」

海の匂いがして、色とりどりのカラフルな屋根が特徴的《とくちょうてき》なニューバウンの街並み。

さて、まずはギルドを探さないと……と、横を見たところで気づいた。

「あれ？　一号達は何で人化してるんだ？」

三人は意味ありげな視線を送ってくる。

『街に来た時には人化しとかないとね？』

『そうっすよ？　この姿だと色々とオマケしてくれるんすよね』

『そうだ……』

なるほど、一号、二号、三号はみんな美人だからな。お得なのか……！

確かに周りを見渡すと、男達がみんな一号達を見ている。

『おっ！　あの一際目立つ赤い建物がギルドじゃねーか？』

スバルが早速冒険者ギルドを見つけたみたいだ。俺も看板を見てみる。

「んーっと……冒険者ギルドって書いてあるな！　よしっ、行くか」


冒険者ギルドの扉を開け、中に入った途端。

――フェンリルだ！

――本当にいた。

――綺麗なお姉さんだぜ。

――あれがフェンリルをテイムした奴？

ギルド内に居た冒険者達が、俺達に気付き、一斉に騒がしくなる。

みんなが遠巻きに俺達を見ている中、ギルドのお姉さんがすごい勢いでこっちに向かって走って来た。

「貴方がティーゴさんですか？」

「はい。そうです！」

「本当にフェンリルを使役《テイム》しているなんて……あっ！　申し遅《おく》れました。私は冒険者ギルド受付のラディと言います！　別室に案内いたしますのでついて来てください」

受付のラディさんの後をついて行くと、二階にある広い部屋に案内された。

「こちらの部屋でギルドマスターが来るのをお待ちくださいね」

「分かりました」

俺達はラディさんに言われるがまま、その部屋でギルドマスターを待つことに。

数分もすると再び扉が開き、褐色の肌をした男性が入ってきた。

「待たせてすまんな！　俺がニューバウンのギルマスをしてるノウイだ！　よろしくっ……ってあれ？　アンちゃんは、クラーケンを釣りあげたボウズと一緒にいた……」

「アンタは釣り大会受付のおじさん！」

何と釣り大会受付に居た、褐色の肌をした筋骨隆々のおじさんがギルマスだった！

『おいおい？　クラーケンを釣った俺も居るぜ？』

ボンッ！

スバルがいきなり人化した。

「わわっ……あの時のちっちゃいボウズ！」

急に可愛い鳥から人化したスバルに、ギルマスは目をまん丸にしてビックリしている。

「アンちゃんが、フェンリルやすごい魔獣を使役《テイム》している凄腕《すごうで》のテイマーだったのか……釣り大会でも優勝するはずだな！」

いや優勝したのはスバルなんだけどな？　なんせ俺は人魚しか釣れなかったからな。

「人は見かけによらねぇもんだな？　アンちゃんはヒョロッちいのに凄いんだな……」

「いやいや！　俺は全然凄くないよ！　凄いのは横にいるコイツ等で……！」

「謙遜《けんそん》すんなって！　ルクセンベルクでの活躍は聞いてるんだぜ？　そのアンちゃんの力を見込んで頼みがある！」

「頼み？」

ギルマスからの頼みとか、嫌な予感しかしないんだが……。

「ああ……実はな？　ニューバウンのすぐ近くに新しいダンジョンが誕生したんだ」

「新しいダンジョンが⁉」

新しいダンジョンが出来るのは、街にとって悪い話ではないんだよな、確か。冒険者達も集まるし、ダンジョン産の資材も集まるしで、街が潤うって学校で習ったな。

「まだこのダンジョンは未開の領域でな……強い魔獣を従《したが》えているアンちゃんに調べてもらえないかと思ってな」

「ダンジョンを調べる？」

「ああ！　どんな魔獣や魔物が居るのか？　魔獣のランクはどのレベルか？　とかだ。もし調べることが出来るなら、ボスが居るのは何階層か、とかな？　出来る範囲でいいんだ。もちろん報酬《ほうしゅう》もギルドから出す！」

新しいダンジョンの調査か。どんなダンジョンなのか……？　ちょっと気になるな。

「引き受けてくれるか？」

「分かりました！　引き受けます」

「本当か！　ありがとう感謝するよ！　それで、いつ調べに行ってもらえるんだ？」

いつ？　うーん……。色々と準備が必要だよな？

食材もこの後買いに行きたいし。となると今日はムリだな。

「準備して、明日行こうと思います！」

「明日か！　ありがとう、期待してるぜ！」

ノウイさんがキラキラした目をして、ギルドから送り出してくれた。よほど調査して欲しかったんだな。

俺達はギルドを後にし、まずは食料屋を探すことに。しかし、街が大きいからか、それらしき建物に巡《めぐ》り合えない。

「中々見つからないな……？」

その時。

何だ？　凄く香ばしいいい匂いが……⁉

ゴクリッと思わず生唾を呑み込む。

『美味そうな匂いがするのう……？』

銀太も鼻をピクピクとさせて匂いに反応している。

あまりのいい匂いに、俺達はその元を辿っていく。

辿り着いた先では、屋台でおじさんが何かを焼いていた。

「へイらっしゃい！　ニューバウン名物のたこ焼きだよ！」

「たこ焼き？」

目の前には、初めて見る、丸い穴がたくさん空《あ》いた焼き台と、それで焼かれた丸い玉みたいな食べ物が並んでいた……！

「アンちゃん達？　何個いるんだ？」

ソースのいい匂いが食欲をそそる！

「とりあえず！　七個！」

「七個だな？　はいよっ！」

四角い箱に詰められた丸い食べ物を受け取った。ソースの上に削《けず》り節《ぶし》？　がのっている。

試しに一つ食べてみると……！

「はふっ……あっつ……！」

外はカリッと、中はふんわりトロっと……ソースが絡《から》まって美味しい。

コリッ？　面白い食感が歯に当たる。これはタコ？　まさかクラーケンか？　どちらにしろ美味い！

『はふっはふっ……たこ焼き……はふっ……熱いけど美味いのだ！』

『ああ！　アヂッ……初めて食べるが……はふっ……美味いな！』

『あっ……ティアは……あっあつ……』

聖獣達もこの熱さで、食べるのに手こずってるな。

たこ焼き……俺も作れないかな？

たこ焼きを堪能《たんのう》した後は、再び食料屋探しだ。もう小麦が全くないから買い足さないと。

『おっ！　あれじゃないか？』

ギルドに続いて、またもスバルが食料屋を見つけてくれた。

店に入ってみると、海の街だけあって、ここのお店は色々な魚介類を売っていた。見たこともない調味料も沢山あり、眺めるだけで楽しい。

俺はそこで見つけた、気になる粉も買ってみた。たこ焼きの粉だ。これで俺も美味しいたこ焼きが作れるかも？　と想像し、ワクワクした。

粉を手に入れたんだから、次はあの専用の焼き台が欲しいな？

次は道具屋を訪れ、焼き台を見つけて購入した。ついでに大きなフライパンも買い足し。

これでまとめて王様のパンが焼けるな。

ふふっ……楽しみだなぁ。

『くくっ、ティーゴの旦那？　何ニヤニヤしてるんだよ？』

はわっ⁉　余りにも楽しみで顔に出てたか！

たこ焼きのことはまだ秘密にしておきたいから、俺は話を変える。

「よっし！　次は俺達のオソロを精霊石で作ってもらいに行こう！」

スバル達との約束を果たす時だ。

★　★　★

『残念なの！　ティアは！　オソロが欲しかったのに！』

『何でないのよ！　この街は！』

『はぁ……！』

みんなが残念そうにため息をつく。なんとニューバウンには、高貴なるオソロを作れるお店がなかった。

楽しみにしていた聖獣達のテンションはだだ下がりだ。

「ダンジョンから帰ったら、デボラのお店に行って、高貴なるオソロを作ってもらおうな？　なっ？」

俺は必死に聖獣達を慰《なぐさ》めた。何で使い獣のお店がこの街にはないんだよ！

プラプラと歩いていると一際目立つ豪華《ごうか》な建物が目に入った。

「これは……！」

『主！　これはあの人族のか？』

『おお！　アイツの施設か！　ここも温泉とかあるかな？　ルクセンベルクのは豪華だっ

たからな！』

アイツ、というのは旅の途中で出会った商人、イルさんのことだ。この国イチの大商会、ジェラール商会の長で、俺達に何かと良くしてくれる。商会が営《いとな》む宿泊施設に無料で泊まれるというカードをもらった俺達は、そのおかげでルクセンベルクではとてもいい宿に泊まれた。

そして、ニューバウンに建《た》てられたこの宿泊施設もかなり豪華だ。

俺が施設を眺めていると、聖獣達が颯爽と中へ入っていく。

「ちょっ……!?　こんな豪華な施設に入って大丈夫か？」

『いいから行こうぜ？　ティーゴ！』

俺のことなど気にせず、スタスタと施設の受付に歩いて行く聖獣達。

「いらっしゃいませ。当館にご来店いただきありがとうございます」

受付のお姉さんが丁寧《ていねい》に挨拶してくれる。

俺は緊張しながらも、イルさんから貰ったカードを受付の人に見せた。カードを見た途端、受付のスタッフの人が慌て出す。

「あっあわっ……！　ゴールドカード!?　特別なお客様だ！　失礼がないように！」

俺は特別なお客様とかじゃないんだけどな……スタッフの慌てようにちょっと不安になる。

「お待たせ致しました！　お部屋にご案内致します！」

案内された部屋はルクセンベルクの部屋よりも広くて豪華だった！

「何だこの部屋は！」

壁一面に大きな窓があり、そこからは海の景色がよく見える。窓の外には広いバルコニーまであり、外に出たらより海が近く見える。

「うわぁ……海が綺麗だな」

『広いわねー。窓からの景色が最高！』

『ティアはバルコニーっていうの？　が気に入ったの！』

寝室は三つもある。さらに露天風呂《ろてんぶろ》まであった……もちろん浴場もある。

何だこの部屋は……俺達、本当にこんな所に泊まっていいのか……？　間違えて違う部屋に案内されてないよな？

『主～、外に温泉があるのだ！』

『中の風呂も前より広いぞ！』

銀太とスバルはお風呂の存在が嬉しいらしく、尻尾と翼の動きが止まらない。

『主～我は外の温泉に入りたい！』

銀太が待ち切れなくなり、風呂に入りたいと言い出した。

今日は買い物したりウロウロしたりして、汗もかいたしなぁ。

「よっし！　じゃあ先に風呂に入って、その後飯にするか？」

『やったーお風呂！　主～洗《あら》って欲しいのだ！』

『あっ！　俺が先だっ！』

『ティアもっ！　ティアもなの！』

『ちょっと！　私が先よ！』

三号達が慌てて裸になる……人化した姿で。

「わーーっちょっ！　一号二号三号は人化を解《と》かないと一緒に入らないし！　洗わないからな！」

『『『はーい……』』』

ボンッボンッボンッ！　と音を立てて三人は黒犬の姿に。

焦った……美人なお姉さんの体なんて洗えないよ！

誰が一番に洗ってもらうかで揉めるので、クジで順番を決めることにした。

『やったの！　ティアが一番なの！』

十五センチくらいしかないティアは洗うのも簡単だ。人差し指で泡立《あわだ》ててゴシゴシマッサージしながら洗ってやる。

『はわわっ！　憧《あこが》れのシャンプー……こんなにも気持ちいいなんて……』

ティアはウットリとして気持ち良さそうだ。

「さあ次は誰だー？」
俺はどんどん洗っていく。全部で六匹もいるので、洗うだけでも中々の重労働だ。
気持ち良さそうにしてるみんなの顔を見たら、疲れなんて吹っ飛ぶけどな。
「ふうぅぅ〜……」
みんなを綺麗に洗い終わり、湯船に浸かると、思わず声が漏《も》れる。
これは最高だ！
海の景色を見ながら風呂に入れるなんて！　なんて贅沢《ぜいたく》なんだ。
『気持ちいいのう』
『外にある温泉も中々』
『ティアは……ブクブクブク……』
ティアが沈《しず》んでいく……⁉
慌ててティアを抱き上げる。
「ティア！　大丈夫か？」
風魔法でティアを冷やす。
『……はふぅ気持ちいい……の』
『前は卵だったし……初めての温泉が嬉しくて、加減が分からなかったのね』
俺は先にティアとお風呂を出た。のぼせるまでお湯に入るなんて……ティアに色々と教えないとだな。

お風呂を出たらティアは元気になっていた。

「ティアおいで？」

『はーい』

ティアに艶々《つやつや》ふわふわになるオイルを塗って、ブラッシングしながら乾《かわ》かしていく。

『はうっ……！　これがブラッシング。気持ちいいの』

『主～我もブラッシングして欲しいのじゃ！』

ティアをブラッシングしていたら銀太達が出て来た！

「順番に出てこいよー！　まとめてブラッシングは出来ないからな！」

『『『『はーい』』』』

ブラッシングを全員終えたら、みんなツヤッツヤのもっふもふだ。ほのかにいい香りがする。後で一緒に寝る時楽しみだな。

さてと、夜ご飯は早速アレを作ってみるか？　そう、【たこ焼き】だ！

たこ焼きの粉を買う時に作り方も聞いたし。

『主～何を作るのじゃ？』

「お昼に食べた【たこ焼き】を作ろうと思ってな。今から焼くところだ」

『おお！　あの熱いけど美味いヤツだな！』

『たこ焼き！　お昼に食べた時にもっと食べたいって思ってたんだよな！』

「見てろよ～？　今からいっぱい焼くからな」

焼き台の丸い穴に出汁《だし》で溶《と》いた粉を流し入れ、中にクラーケンと、細かく切った野菜を入れる。後は焼けてきたら、クルッと返して形を整えていくだけ。

「クルッと……あれっ？　意外と難しいぞ？」

『ティーゴの旦那？　何だかグチャグチャになってくぞ？』

スバルが心配そうに俺の手捌《てさば》きを見つめている。

「大丈夫。今から丸くなるはず……それ！」

んん？　あれっ……やっ？

「こんな予定じゃなかったんだがな……」

綺麗に丸まらず、潰れてグチャっとしたたこ焼きらしき何かが、焼き上がった……。

簡単な料理だと思ったのに。たこ焼きを焼くのって難しい……。

俺はガックリと肩を落とす……それを見た聖獣達が口々に言う。

『主？　我は美味しいのだ？』

『そうよっ！　ティアはこの方が食べやすいわっ』

俺の作ったのが一番美味いとまで褒めてくれて……みんな優しい聖獣達だ。

嬉しくなって、俺はもう一度焼き台の前に立った。

「よっし！　リベンジだぁ！　上手に焼けるまでたこ焼きパーティーだぞ！」

『『『たこ焼きパーティー♪』』』

『パーティー♪　たこ焼き♪　パーティー♪』

何百個も焼いたら、綺麗な丸いたこ焼きが作れるようになった。

「やったぜ！」

4　ダンジョン探索

ボフッ……！

「……んぷっ⁉」

柔らかいものが当たる感触《かんしょく》がして、俺は目を覚ました。窓の外は明るくなっている。

『……たこ焼き美味しかったの……むにゃ』

……またティアだ。

俺の腹の上でスバルと一緒に寝てたのに……顔に転がってきてる。

「ん～～！」

思いっきり両手を伸ばして背伸びをする。

今日は久々のダンジョン！

しかもランク未定。

ワクワクするなぁ……！

銀太達とダンジョンに潜るから何の心配もないしな。

「さぁ……朝ご飯作るか！」


『はふぅ、お腹いっぱいじゃ』

銀太の腹はぽっこり膨れている。聖獣達は朝から凄い食欲だ。俺は使った食器を片付けながら苦笑《くしょう》する。

『ふぅ～肉サンド美味かったなぁ……』

『ティアはもっと食べたいのに！　みんなみたいに食べれないのが悔しいのっ！』

朝ご飯にワイバーンの肉サンドを作ったんだけど、ティアはすぐに満腹《まんぷく》になってしまうのがお気に召《め》さないようだ。

いやいや、ティアちゃん？　その十五センチの小さな体で、大きな肉サンド五個も食べたら充分だよ？　俺なんて三個でお腹いっぱいだけど？

さて、ダンジョンで食べる肉サンドのストックも大量に作ったし、そろそろ出発するか！

俺達は豪華な宿泊施設を出発し、ギルマスのノウイさんが教えてくれたダンジョンがある場所に向かう。

新しく出来たダンジョンは、海沿いにある大きな岩場が急に変化したものらしい。

俺達は教えてもらった海沿いを歩き、ダンジョンを探すが見つからない。

あれ？　おかしいなぁ？　ノウイさんから聞いた通りなら、この辺りのはずなんだけどな？

キョロキョロと入り口を探していたら……。

「おーい！　ティーゴ！　こっちだ！」

前からノウイさんが走ってきた！

「ノウイさん！　来てくれたんですね！」

「もちろんさ！　俺が頼み事をしたのに見送りもしないなんて失礼だろ？」

ノウイさんの案内で海沿いを歩いて行くと、ダンジョンが見えて来た。

「ここが新しく見つかったダンジョンさ！」

海沿いの切り立った岩と岩の間にダンジョンの入り口があった。

「じゃあ！　頼んだぞティーゴ！」

「はい‼　出来る限りこのダンジョンを調べて来ますね！」

「頼りにしてるぜ？」

　俺達はノウイさんに見送られ、ダンジョンに入った。

　ダンジョンの中は薄暗いが、何も見えないってほどじゃない。魔法で足元を照らしながら、俺達は歩いていく。

『このダンジョンにはどんな奴等がいるんだろうなぁ？　昔は主とダンジョンによく潜ったなぁ』

　スバルが楽しそうにカスパール様との思い出を話す。

『強い奴等が居たら楽しいのう……』

　まったく、聖獣達は余裕だな。なんて呑気に歩いていたら、あれっ？　早くも一階層の出口だ……！

　魔獣が一匹も出なかった⁉　そんなダンジョンあるか？

　もしかして……銀太達が怖くて魔獣が隠れてるのか？　不思議に思い、銀太に尋ねる。

「銀太？　この場所に魔獣って居たか？」

『ふうむ？　我の探索で見たら……雑魚《ざこ》ばかりだな。この階層はFランクのが居るみたいじゃな』

　なるほどな！　やっぱり魔獣は居たけど、銀太達が怖くて逃げてるんだな。

前に銀太とクリアしたダンジョンでも、ボスまでビビってたからな。

あれ……？

ってことは？

このままだと一匹も魔獣にでくわさないんじゃ……⁉

ダンジョンの調査に来てるのに！　魔獣に会わなかったら意味ないじゃんか！

これは聖獣達に強さを消してもらわないとダメだよな？

「なぁ……みんな！　お願いがあるんだ。お前達のだだ漏れしてる魔力とか……その桁違《けたちが》いの強そうな気配とかを消してくれないか？」

『我等のか？』

『別にいいけど？　何のために？』

「俺達はダンジョンの調査に来てるのに、お前達が強過ぎて魔物達がビビって逃げてるんだよ！　このままだとダンジョンを普通に散歩しただけになっちゃうよ……！」

説明すると、聖獣達は頷いた。

『なるほどの……確かに我等は強いからの！』

『わざわざ弱くするのかぁ！　ティーゴの旦那は難しいこと言うなぁ……』

『まぁ……？　弱くも出来ると思うけど？』

『あっし達の強さをわざわざ弱く？　出来るっすけど……』

『ふむ。この強さを弱くか……』

何だろう……この気持ちは。弱くしてくれて……有り難《がた》いのに。

ちょっとイラっとするのは……。

『これで俺達はFランク魔獣レベルだと思うぜ？』

『うむ……弱くなったの』

『ティアは出来てる？　分からないの！』

『大丈夫よ。ティアもゴブリンレベルになってるわ』

俺には何も分からないが……？

ただ漏れだった強さがなくなったんだよな？

よし、とにかく二階層に降りるか！　次は魔獣が出てくるから気を引き締《し》めて行くぞ！


「…………」

ええと……魔獣は出て来たんだけど……。

この二階層はゴブリンとスライムがメインだった。そいつ等は、銀太達を見た途端にビックリして逃げ惑う。

それを銀太達が一瞬で倒していく……。

これ……ちょっと前に見たな……。

そうそう、魔族達がこんな感じだったな……。

どんな魔獣が出るのかは分かったけど、ちょっと弱い者イジメをしているような気持ちになる。

「なぁ……！　どんな魔獣か分かったらいいから！　無理に倒さなくても大丈夫だぞ！」

気まずくなって俺がそう言うと、みんなはピタリと攻撃を止めた。

『そうなのか？』

『倒さなくていいのか？』

『じゃあ……私達は何をするの？』

「……何を？」

確かに……！　何もしてもらうことがないな。うん……歩いていくだけだな。

俺達はのんびりと散歩しながらダンジョンを降りて行くのか……。

ダンジョンをのんびり散歩って！　この表現、本当にあり得ない。聖獣無双《むそう》過ぎる……。

その後も俺達は〝散歩〟を続けて、魔獣や魔物を確認した。

一～五階層はゴブリン、スライム、ホーンラビットのFランク魔獣。

六～十階層はゴブリンメイジやポイズンスライムなどの、ゴブリンとスライムの進化系のEランク魔獣が多かったな。

忘れないようにメモしとかないと！

ここまではそんなに強い魔獣は出なかった、っと。

そして今から十一階層に降りる。

「ちょっと暑くなってきたな……！」

『おお！　今度の階は森か』

『ほう……！　洞窟の景色に飽きてきたところじゃった。やはり森は中々いいの……』

何と……！　十一階層からは森が広がっていた……。

『キャッ⁉　キラービーよっ！』

キラービーは大きなハチの魔獣でいつも集団で行動している。

一斉にこっちに向かって飛んできた！

銀太達に気付いていてもそのまま向かってくる……もしかしてキラービーは止まれないのか？

「わわっ！　ヤバイヤバイッ」

『主～慌てなくても大丈夫じゃ！』

青白い光が閃《ひらめ》く。

キラービーの大群は、銀太の稲妻《いなずま》によって一瞬にして全て撃ち落とされた……。

「相変わらず凄いな。詠唱《えいしょう》ナシであの威力《いりょく》……！」

『あっ？　キラービーがあんなに居たってことは、何処かにキラービーの蜜《みつ》があるんじゃない？』

『おお！　あれは美味いからのう……』

キラービーの蜜だって！　超高級品だよ。高くて買えなかった憧れの蜜！　どんな味がするんだろう……食べてみたい！

「蜜、何処にあるんだ？　探すぞ！　絶対に！　絶対に手に入れる！」

「……主が燃えておる』

『ああ……メラメラと熱い炎が見えるようだぜ』

俺達はキラービーが飛んで来た方角へ、キョロキョロと蜜を探しながら歩いていく。

『あったわ！　これよ！　かなり大きな蜜壺《みつつぼ》ね……！』

三号が木の上を指差した。

キラービーは自分達で蜜壺を作り、その中に集めた蜜をためていく。蜜壺の大きさでキラービー達の数の多さが分かる。

『さっきのキラービーは凄い数いたからね……これは納得の大きさね！』

蜜壺を守っていたキラービー達が慌てて逃げて行く。何かゴメンね。

俺は銀太の上に乗り、木の上の方にある蜜壺を取る。中で蜜がキラキラと飴色《あめいろ》に輝いている！

「美味そうだな……」

どうしても我慢が出来ず、俺は蜜壺に指を入れて舐めてみる。

「うっ美味～なんてコクのある甘さだ！」

『あっ！　主！　ズルいのじゃ！　我も我も』

「ごめんごめんっ！　我慢出来なかった。みんなで味見しような！」

銀太から降りると、俺はアイテムボックスから皿を出して蜜をのせる。

「はいっ！　味見してみて！」

『はわっ！　甘くて美味しいの。ティアは蜜を気に入ったの！』

『美味い！　これぞ……黄金に輝く秘宝！』

スバルよ？　何だよ、黄金に輝く秘宝って！

それはキラービーの蜜だ。

『甘いのう……やはりキラービーの蜜は美味いのう』

『美味しっ！　王様のパンにつけて食べたいわね』

三号に言われてハッと気づいた。

「それいいな！　次に休憩する時に王様のパンを焼いて食べようぜ！」

『やったー！』

「さっ、ここも探索しながら歩いていくぞ」

この森ゾーンは虫系の魔物が多いのかな？

あっ！　何か木が動いてないか？　あれはトレント……？　Dランクの魔物だ。

んっ？　こっちは大きなキノコ？　あいつはウィスパーマッシュだ！　Dランクなんだけど、眠りの魔法を使ってくるのが厄介なんだよな。あのキノコも焼いたら美味いんだ！

よし！　向こうはまだ俺達に気付いてない。

《サンダラ》

雷がウィスパーマッシュに落ちる。

「やった！　一発でやっつけたぜ！」

『おおー！　ティーゴ、中々魔法が上手くなってきたじゃねーか！』

嬉しいな！　もっと魔法を覚えて強くなりたい。


十一〜二十階層まではずっと森ゾーンだった。

魔物は虫系と植物系が多かった。

キラービー、キラーアント、トレント、キラープラント、ウィスパーマッシュ、キャタピラー。全部Dランクの魔物達ばかり。

ここまではまだ高ランクやEランクの魔物は出ていない。

二十階層の森の終わりで、俺はリュックを下ろした。

「よっし！　ここらで休憩にするか？」

全く疲れてないんだけどな。

『『『やったー！』』』

『王様のパン！』

『パン祭り！』

『くふふ……♪　ティアは蜜が楽しみなの』

みんなの期待に応えて、王様のパンにキラービーの蜜をつけてみると……余りの美味さに、俺達は夢中になって食べた！

『美味いのだ！　パンが更に蜜で……はぁ』

『王様のパンが黄金にキラキラと輝いているぜ！』

『こんなに美味しいものは、王様やお姫様でも中々食べられないわね？　きっと……ふふっ』

『はわわ……お姫様のパン！　ゴクリッ』

キラービーの蜜がこのままだとすぐになくなりそうだったので、俺達はもう一回森を回って、蜜壺を三個手に入れた。

ふふ……この蜜を使っていろんな料理を作りたいなぁ。

休憩を終えて先に進んでいくと、二十一階層からは広々とした平地が広がっていた。

さっきまではずっと鬱蒼《うっそう》とした森だったから、これはこれで新鮮だ！

こんなにダンジョン内で景色がコロコロ変わるのは初めてだな……！

今まで色々なダンジョンに潜ったと思っていたけど、まだまだ未知なるダンジョンは多いってことだな。

「ん？　あれはオークの集団か？　オークキングもいる……」

平地だから遠くにいる魔物が見つけやすい。

魔物達は近寄って来るが、銀太達の姿を見ては急いで逃げていく……。

「あれはロックバード？」

二十一階層から魔物のランクがちょっと上がって来たな。Cランクの魔獣が出るようになった。

『主～？　オーク達は仕留《しと》めなくていいのか？』

『そうだな！　肉祭りだぞ？』

『沢山の焼き肉が歩いてるわよ？』

『カラアゲもいっぱいいるっすね？　美味いんすよね～！』

聖獣達よ……お前達にはオーク達が肉に見えてるのか？　ロックバードはカラアゲじゃないよ？

でも、おかげでこの階層の名前が決まったな。

二十一階層は肉祭りの階層だ。

『あっしはカラアゲを獲って来るっす！』

『じゃあ私はオークカツを獲って来るわね！』

一号よ……ロックバードだ！

三号も……オークだ！　カツはご飯の名前！

前に銀太達が狩《か》って来たワイバーンとかもアイテムボックスにたっぷり入ってるから、これで当分肉には困らないな。

しばらくこのまま肉祭り階層が続き……。

二十六階層でまた景色が変わった。

「凄いな……今度は砂浜か……！　海の匂いもする」

砂も本物だ、と感心していると、遠くに魔物を見つけた。

なっ⁉　あれは何だ？　カニの化け物？

『あれはキングクラブだの！』

「キングクラブ⁉　初めて見たよ」

『彼奴は硬《かた》い殻《から》で覆われてる魔物だの！　大きな爪で何でも挟んで真《ま》っ二《ぷた》つにし、口から出す白い泡《あわ》で何でも溶かしてしまう厄介なヤツだ！』

カニの魔物か……食べられるのかな？　カニは高級食材で、俺は今まで食べたことがない。

神眼を使ってステータスを見てみる。

【キングクラブ】
種族　クラブ種
ランク　B
レベル　20
体力　1080
攻撃力　580
魔力　60
硬い殻の中に身がビッシリ詰まっていて、焼いて食べるとかなり美味い。

焼いて食べるとかなり美味いって書いてあるぞ？

神眼凄いな！　お勧《すす》めの調理法まで分かるのか？

「銀太！　キングクラブを狩ってくれ！」

『こんなヤツを……？　どうするのじゃ？』

銀太は、触るのが少し嫌そうにカニを見る。

「あのカニ、焼いて食べたら美味いらしいんだ！　ちょっと食べてみたいんだよ！」

『ほう……？　こやつは美味いのか……！　ジュルリ』

銀太に見られ焦ったキングクラブは、必死に横歩きで逃げる。

そこへ、得意の雷が落ち、一瞬で何匹ものキングクラブが瞬殺《しゅんさつ》された。

ひっくり返ったキングクラブを、俺はじっくりと眺める。

金のない俺からしたら、高級食材のカニは憧れの存在。キングクラブもカニみたいな味がするのかな？　美味いのかな？　どんな味かな？　気になる……。

一匹焼いてみようかな？

俺は我慢が出来ず、キングクラブを一匹焼いてみた。

しばらくすると、香ばしい美味そうな匂いが漂ってくる。

『美味そうな匂いがして来たな……！』

スバルが匂いに釣られて飛んで来た。

もういいか？　この硬い殻をどうやって割《わ》ろう？

『主？　貸してみろ！』

そう言って銀太は、大きなハサミを魔法で真っ二つに割った。

中からぷりぷりの美味しそうな身が溢れ出す！

俺はたまらず一口かじって味を噛《か》み締める。
モグッ……あっ！
「うまーーっ！」
美味い……クセになる美味しさ！
『なんじゃ？　そんなに美味いのか？　我も……』
俺が食べるのを見ていた銀太が、慌てて口に入れる。
ハムッ……！
『何と……キングクラブはこんなにも美味いのか！』
銀太もキングクラブの美味さに感動している。
その気持ち、俺も分かるよ！
『この気持ち悪い見た目のヤツ、そんなに美味しいの？　ティアも食べたい！』
『ちょっと！　私も味見させて！』
『何だよ？　そんなに美味いのか？　どれ……？』
ティアや一号達が一斉にキングクラブに群《むら》がり、一口食べると、やはり顔を綻《ほころ》ばす。
そしてもちろん……。
『何だコイツは！　ぷりぷりの爆弾か！　口の中で美味さが弾《はじ》ける……！』
はいはい。スバルも気に入ったんだね。

何だよ、ぷりぷりの爆弾って！

結局全員が気に入り、キングクラブを見つけるために、この後二十六階層を何回もウロウロすることになったのだった。


キングクラブを狩り尽くした俺達は、その下の海の階層を軽く見回る。

『はふっ……キングクラブがあんなに美味いとはのう……もっと早く食してみれば良かったのう』

『本当にな！　見た目もアレだし……硬い殻だけで食べる所なんて何もないって思ってたぜ！　それがなぁ……ジュル』

スバルと銀太はキングクラブがかなり気に入ったみたいだ。

確かに美味かったからなぁ。鍋《なべ》とかに入れても美味そうだな。


そして、三十一階層に降りた途端、また景色が変わった。

何だ、この階層は⁉　ジメジメして何だか気持ち悪いし、それに凄く臭い……！

『ふぬぅ……臭いのだ』

鼻が利《き》く銀太は臭いにやられている。

そこから四十階層までは最悪だった！

死霊《しりょう》系魔物ばかり出てくる。A～Bランクになり、強さのレベルも上がるし、なんせ臭い！

Aランク魔物であっても銀太達には余裕なんだけど……アンデッド達は銀太達の強さなんかお構いナシに、急に地面から現れて襲《おそ》ってくるから最悪だ！　臭いし……魔法は聖魔法しか効かないし！

怪我とかはしてないんだけど……美味しい食材の収穫《しゅうかく》は何もなし……。

ただ臭くて、歩く度に体が汚れていく……はぁ。

ここの階層には二度と来たくないと思った。

「はぁぁー……っ、やっと臭い死霊系の階層が終わったな！」

『我は臭過ぎて息がしにくかったのだ！』

俺達は四十一階層までやって来た。

またダンジョン内の景色は森に変化している。

臭い階層も抜けたし、体を綺麗にしたいな。あの独特《どくとく》な匂いが体に沁《し》みついているようで嫌だ。

「ちょっと体を洗うか！」

『わぁ！　ティーゴ嬉しいの！　ティアはさっきの階でベトベトなの……！』

『嬉しいわ！　ちょっと体が臭くて……本当ならお風呂に入りたいところよ！』

「一号、二号、三号は人化を解いてくれよ？」

『『『はーい』』』

「よし！　みんなー！　水魔法で体を流すよー！」

俺はみんなを水魔法で濡らすと、次はアワアワのシャンプーだ！

汚れきったみんなの毛を念入りに洗っていく。

「おお！　ベトベトだった毛並みが……！　さすがデボラさんのシャンプーだな！」

『はぁぁ……サッパリしたの！　ふわふわでいい匂い』

『ああスッキリしたぜ！』

『気持ち悪かったのがサッパリしたわ！　浄化魔法で綺麗にするより、ティーゴのシャンプーの方が気持ちいいのよね』

体も綺麗さっぱりしたところで、ちょっと小腹が空《す》いたので、俺達は余分に作っていた肉サンドを食べて少し休憩する。

『肉サンドはやっぱり美味いな！』

『はぁっ、体もサッパリしてご飯も美味しい！　最高ね！』

ティアが翼を動かしながら肉サンドを頬張っている。

『美味しい……ティアは……モグッ美味しいの』

「ティア！　飛びながら食べない！　喉に詰まるぞ？」

良かった……みんなのテンションが戻ってきた。

「さぁ！　ダンジョン探索するか！」

肉サンドを食べ終わった俺達は、探索を再開した。

森の奥にまた魔物が見える。

あれはアウルベアか！　シシカ村近くの森にいた、リコリパイが好物だったアウルベアを思い出すな……。

元気にしてるかな？　またアイツ等に会いに行きたいな。

リコリパイをあげたら、また丸い尻尾をぷりぷりするのかな……ククッ。

『主？　どうしたのじゃ？　急に笑い出して……』

しまった。思い出し笑いしてた！

「ん？　何でもないよ！」

四十一階層になるとAランク魔獣が多くなってきたな……。

あれはワイバーンか！

『おっ！　ステーキが飛んでるな！　ちょっと獲って来る！』

『そうね！　ステーキは何枚でも食べれるからね！　必要よね。じゃあ私はあのステーキにするわ！』

スバルに三号よ、せめてワイバーンって名前で呼んであげて！　ステーキって……確かに美味いけど。

森ゾーンは五十階層まで続いた。

聖獣達が欲しい肉を狩りまくり、気が付くと大きな扉があるボス部屋の前に来ていた。

「もうボス部屋？　早くないか？」

『どんなヤツがボスなのかのう……？』

『ボスは誰が倒すんだ？』

『私が倒すわ！』

『いやあっしが！』

『俺だよ！』

聖獣達が誰がボスを倒すかで揉め出した。

何だろう……今から入る部屋のボスが可哀想《かわいそう》に思えてきた。

「みんな！　入るよ？」

ちゃんと聞いてないだろうけど、一応声をかけてから扉を開く。

ボス部屋の中にいたのは巨大なワームだった……！

何だあのデカさは⁉　太いミミズのおばけだ……！　体長五十メートル以上はあるぞ？

顔はドラゴンみたいだな？　あんなにデカいワーム、初めて見た。

【ワーム】
種族　ドラゴン種
ランク　S
レベル　455
体力　45890
攻撃力　23560
魔力　18500
硬い皮膚《ひふ》で覆われた魔獣。大きな口で何でも呑み込む。硬い皮膚はほとんどの攻撃や魔法を通さない。しかし炎魔法には弱い。

ミミズの化け物かと思ったら、コイツはドラゴンなんだ！
しかもSランク！
『ワームか……！　我にとってはちと物足りんのう』
ボスの相手は銀太がすることに決まったみたいだな。
あんな巨大なワーム相手に物足りんって……！

『こんなヤツ一瞬じゃ！』

《エクス・プロージョン》

ドゴォォォォォォォォォォォォォンッ!!

「あわっ！」

ワームが大爆発した！

大きな爆発音と共に、暴風《ばくふう》が吹き荒れる！

『なんじゃ……もう終わりか？』

もう終わりか……？　じゃないよ！

いきなり大爆発の魔法使うのとかやめてね？

はぁ……ビックリした。

「これでダンジョンクリアだな？」

ボスワームが消え去った後には、クリアの証《あかし》である鍵《かぎ》が残されていた。俺はそれを取り、奥の部屋に向かう。

ガチャ……っと鍵で扉を開けて、奥の部屋に入る。

そこでは、他のダンジョンと同じく、石碑《せきひ》の上に魔核《まかく》が置かれていた。

「これを取ったらクリアだな」

中にある魔核を取ると、石碑に俺の名前が刻《きざ》まれる。

【ダンジョンクリア　＊　ティーゴ】

「よっし！　二回目のクリア」

何度見ても、自分の名前が刻まれるのは嬉しいな！

すると、宝箱が上から落ちてきた。何が入ってるんだろう……？

運が良ければ大当たり。でも、俺は幸運の数値が低いからな……以前ほどではないけど、聖獣達と比べると桁《けた》が一つ少ない。

『ティーゴの旦那？　宝箱開けないのか？』

俺が宝箱を中々開けないので、スバルが聞いてきた。

「俺は運が悪いからスバルが開けてくれよ！」

『いいのか？』

俺が頷くと、スバルが代わりに開けてくれる。

中には、金貨一千枚と一本の杖が収められていた。

この杖、鑑定《かんてい》してみよう。

【ユグドラシルの杖】
ランク　SSS
属性　全属性

強さ　＋2000
魔力　＋3500
世界樹ユグドラシルで作られた大賢者の杖。

「スッ、スバル！　大当たりだ！　凄い！」

俺はスバルの頭を撫でまくる。

『大当たり？　ヘヘン！』

……何だこの杖は⁉

ユグドラシルって伝説の世界樹だよな。こんな杖、俺が持っててていいのか……？

杖を持ったまま数十秒ほどウロウロしてしまったが、悩むのは後でも大丈夫だと気が付いた。

とりあえず外に出るか。

俺達はクリアワープポイントに乗った。

ワープした先は、ダンジョンの入り口のすぐ横にある岩場だった。

「今回のクリアポイントはすぐ横かぁ」

——何だ？

――突然現れたぞ？

朝は全く居なかったのに、今は二十人以上警備隊《けいびたい》の人が集まっていて、騒《ざわ》つきながらこちらの様子を窺《うかが》っている。

「ティッ……ティーゴ⁉」

ギルマスのノウイさんが俺達を見つけて走ってきた。ノウイさん、もしかして俺達がクリアするのを待っててくれたのかな？

「ダンジョンクリアしたのか？」

「ハイ。クリアしてきました」

俺はノウイさんにダンジョンクリアの魔核を見せる。

「すっ凄い……一日でクリア出来たってことは、このダンジョンは階層がそんなに深くなかったのか？」

「いや、五十階層まであったよ」

「はっ……はぁ⁉ 五十階層だと？ そんなの……どんなに早くてもクリアするのに二、三週間はかかるぞ？ マジかよ……！」

「えっ？ 今日俺達がクリアすると思って、ここで待っててくれたんでしょ？」

「違う違う！ 新しいダンジョンの警備対策をしてたんだ！ ティーゴの話を聞いた後にダンジョンを開放するための準備もしないといけないし……そしたら突然ティーゴ達が出

て来たんだよ！　まあ、ダンジョンの詳しい話は、後でギルドでジックリと教えてもらうとして。とりあえず、ティーゴが今立ってる場所がクリアポイントなんだな？」

「ああ……そうだよ！」

ノウイさんは俺が立ってる場所に、クリアポイントの目印になる色をつけていく。

そうか……確かに、五十階層もあるダンジョンを一日でクリアするとか尋常《じんじょう》じゃないよな。あり得ない。銀太達と一緒に居過ぎて、俺も感覚が麻痺《まひ》してたな。

「よしティーゴ！　ギルドに行こうか！」

★　★　★

ノウイさんと俺達は、ギルドの二階にある応接室に入って話をする。

「今日は本当にお疲れ様だ！　一日で調べ終わるなんて思ってなかったよ」

「今日は特に暑いのでこちらのガリガリ氷をどうぞ！」

ギルドのお姉さんが氷が盛られた皿を俺の前に置いた。てっぺんには鮮《あざ》やかな色がついている。

何だこれは？

「おおっ！　ガリガリ氷か。暑い時はこれに限るな！　ニューバウンの人気《にんき》商品なんだぜ？」

ガリガリ氷？　初めて見たぞ……？　氷の甘味なのか……？

恐る恐る、一口食べてみる。

冷たっ……！

「……でも美味しい」

美味しそうに食べる俺の姿を見て、銀太が机に顔を乗せてガリガリ氷を見る。

『なっ？　氷が美味いのか？　それを我にも寄越すのじゃ！』

ギルドのお姉さん達が、慌てて銀太達にもガリガリ氷を持ってくる。

『ふむ……？　冷たい甘味があるとはのう……これも中々！　うむ美味じゃ！』

『美味いなっ！　氷がふわふわで甘くて俺は気に入ったぜっ！』

『あむっ……冷たっ……あむっ……冷たっ……ティアは幸せなの』

『不思議ね……氷がこんなにも美味しくなるなんて……冷たっ……！』

「いくらでもあるからな。いっぱい食べてくれ！　氷にかけるシロップの味を変えたら色々と味が楽しめてオススメだぜ？」

『何だと？　全てのシロップを寄越すのじゃ！』

銀太の尻尾がブンブン回る……。

『ほう……味変《あじへん》か！　中々やるじゃねーか？』

『早く全種類のシロップを持ってくるのじゃ！』

銀太とスバルがガリガリ氷を気に入ったみたいだ……凄い勢いで食べている。

「おいおい……？　そんな勢いで氷を食ったら……」

ノウイさんが勢いよく食べる銀太達に、思わず声をかける。

『あっ……痛っ……我の頭が割れるように痛い……』

「……ほら言わんこっちゃない！」

『くそっ……頭がキーンッと……お前達……俺達に毒を盛りやがったな？　……くっ』

『我らに毒を盛るとは人族よ？　どうなるか分かっておろうの？』

「あははは！　ぷぷっ、何言ってんだよ！　氷をそんな勢いで食ったら、そりゃ頭がキーンッてなるよ！　毒なんて入ってねーよ！」

俺が笑いを必死に堪えながらそう言うと、銀太とスバルは顔を見合わせる。

『えっ……そっ……そうなのか……ふっふむ……』

『いやっ……知ってたけどよ？』

二匹が恥ずかしそうにソッポを向いた……。

あはははっ、もう我慢出来ない！

「何やってんだよ！　ぶっ……食い過ぎて……あはははっ」

『……主よ……笑い過ぎなのじゃ……』

『そうだよ……』

しまった！　銀太とスバルが拗ねてる。

「ゴメンって！　もう絶対に笑わないから！　なっ」

余りにも面白くて笑い過ぎてしまった……。


ガリガリ氷を食べた後、俺はダンジョンで遭遇したモンスターをノウイさんに報告した。

「なるほどな……ダンジョンボスはSランクのワームか！　またやべえのがボスだな……ほう。それに死霊系ばかり出てくる三十一～四十階層も危険だ……」

俺はメモを渡し、ダンジョンで分かったことを全て伝える。

「俺達がダンジョンに行って分かった情報はそれくらいです」

「こんなに沢山の情報！　十分過ぎるぜ、本当に助かったよ！　新しいダンジョンはSランク指定にするよ！　このダンジョンはランクが高い冒険者でないと危険だ。死霊系ゾーンやワイバーンと、ヤバ過ぎる魔物が多く出現してる。調査の報酬は明後日《あさって》には渡せると思うから、またギルドに寄ってくれないか？」

「分かりました」

俺達はギルドを後にして、宿泊施設に戻った。

今日は疲れたからゆっくり寝たい。

★　★　★

………もっふ。

「んぷっ……？」

……ティアがまた顔に転がってきた。これは朝の定番になりそうだな。

俺はティアと、腹の上で寝ているスバルをベッドにそっと置いて、部屋を出る。

昨日はダンジョンで、みんな色々と頑張ってくれたし、今日はデボラのお店に行って高貴なるオソロを作るか。

みんな……喜んでくれるよな？　楽しみだな。

銀太にお願いしてドヴロヴニク街に連れて行ってもらおう。転移魔法って本当に便利だな。俺も修業したら使えるようになるのかなぁ……？

考え事をしているうちに、調理場に到着した。

さあ！　みんなの朝ご飯を作ろう。

ふっふっふっ……昨日のうちに下拵《したごしら》えしておいたあれはどうかな？　味見してみよう。

「……んまっ！」

予想以上の美味しさだ。これを使ってフルーツパイでも作るか！

パイを焼いているうちにみんなが匂いにつられて起きてきた。最初は食欲旺盛《おうせい》な銀太とティア、次が一号と三号だ。起きてきた順に提供しては、次のパイを焼いていく。

ふと、三号と一号が言った。

『美味しい！　オレンジってこんなに甘かった？　はぁ……何個でも食べれるわ！』

『本当美味いっすね！　イチゴとリコリがいつもより甘い！』

フルーツの甘さにビックリしているみんなに、俺は得意げに教える。

「それはな！　キラービーの蜜にフルーツを一晩漬《つ》けておいたんだよ！」

『キラービーの蜜！　なるほどねっ』

一晩漬けたことで、酸味《さんみ》の強いフルーツまで甘くなっていた。

最後に起きてきたのは、スバルと二号だ。

ちなみに、何かと大袈裟なスバルの今回の感想は……。

『なっ美味いっ！　何て美味さだ！　これは……伝説の秘宝！　黄金フルーツか』

スバルよ。伝説の秘宝って何だ？　これは蜜に漬けた普通のフルーツだ。

★　★　★

朝食を終えた後、俺はみんなに切り出した。

「あのさ！　今日はこの前に言ってた高貴なるオソロのアイテムを、デボラのお店に作りに行かないか？」

『賛成なの！　ティアはオソロずっと欲しかったの！』

『ティーゴと高貴なるオソロ……やっと作れるんだな』

『また主との高貴なるオソロが増えるのか！　楽しみだのう！』

『ふふっ……ティーゴと高貴なるオソロ。嬉しい』

聖獣達が尻尾をフリフリ、翼をファサファサ……風が舞う。

良かった、みんな嬉しそうで。

「じゃあデボラのお店に行くか！　銀太頼んだよ」

『うむ、任せるのじゃ』


シュンッ！


一瞬で転移すると、そこはドヴロヴニク街の使い獣専用有名店、デボラのお店の中だった。見覚えのある装備や武器が並んでいる。

「わっ！　急に店内に転移して現れたらビックリするじゃない！　ティーゴ」

いきなり登場した俺達にデボラさんが驚いている。真っ赤な衣装《いしょう》がいつも通り綺麗だ。

今は人族の姿をしているけど、本当はエルフなのだと俺は知っている。

「ゴメンっ！　まさか店内に転移するとは……」

『その方が早いであろ？』

銀太がドヤ顔で話す……褒めてないよ？

「今日は何のようっ……って！　あんた達はカスパール様の聖獣達じゃ？」

『おう！　覚えてたのか？　今はティーゴが主さ！』

デボラさんがスバルと一号達を見てびっくりしている。え？　知り合いなのか？　前にエルフは長寿《ちょうじゅ》だって教えてくれたけど、カスパール様が生きていた頃からいるなんて驚きだ。

デボラさんは怪訝そうに俺とスバル達を交互に見る。

「そうなの……？　聖獣をこんなに使役《テイム》することって出来るの？　普通に見えるのに、ティーゴって凄いのね……」

「それは褒めてるんですか？」

「もちろんよ。で？　何の用で来たの？」

俺はデボラさんの前に、精霊石を出した。

「これでカッコいいオソロを、人数分作って欲しいんです」

「これは希少《きしょう》な精霊石！　それがこんなにもいっぱい、よく集められたわね！」

「たまたま入手出来たんです。デザインはデボラさんにお任せしますよ。俺、あんまりセンスないんで！」

「分かったわ、私に任せて！　カッコいいの作るから！」

『そうじゃ、エルフよ？　前に貰った高貴なるオソロは、主の居場所が分かると聞いておったのに、この前、主と離れた時は居場所が分からなかった！　何でじゃ？』

　銀太がデボラさんに少し怒り気味に質問している。

「えっ……それは、魔力をブレスレットに与えないと使えない魔道具だから。ブレスレットに魔力与えた？」

なるほど……だから俺が魔力を解放したら、すぐに銀太達が転移して来たんだ。

「ちょっと！　貰った時に使い方聞いてないですよ！」

「あれ？　そうだった？　まぁオマケだからね？　いーでしょ！　次はもっと凄いオソロにするから！　楽しみにしてて♪」

　デボラさんは軽い調子で受け流す。まあ、この前来た時は随分良くしてもらったからな。

ブレスレットの話はここまでにしておこう。

「オソロはどれくらいで完成する予定ですか？」

「数も多いし……結構時間かかるわよ？　うーんそうね……一ヵ月後に取りに来てくれる？」

「分かりました。一ヵ月後ですね！」

『えー？　そんなにかかるのかよ！　エルフよ？　もっと早く作れねーのか？　ティーゴとの高貴なるオソロ、早く欲しい』

『そうよ！　エルフの女！　ティアはオソロが早く欲しいの』

スバルとティアが早くしろとゴネ出した。

カチンと来たらしいデボラさんの眉間《みけん》に皺《しわ》が寄る。

「エルフ……エルフって……！　私にはデボラって名前があるの！」

『いいじゃない！　早く作りなさいよ！　お店消滅させるわよ？』

「わっ何言ってんだよ！　三号！」

「分かった！　分かったわよ！　はぁ……四……いや三週間後ね！　これ以上早くは無理だから」

聖獣達よ……。いくらオソロが早く欲しいからって店主を脅《おど》したらダメだぞ？　デボラさんすみません。俺が頭を下げると、「カスパール様はいいお客様だったからね」と笑って許してくれた。俺、カスパール様に世話になりっぱなしだな。

でも、みんなオソロがそんなに欲しかったんだな。もっと早く来れば良かったよ。

「じゃあ三週間後に取りに来てね？　お金はその時に貰うから用意しといてね？　ちょっとオマケして、金貨九百五十枚ね！」

「きゅっ……⁉　九百五十枚‼」

高い！　高過ぎて心臓止まるかと思った！

そうか……七つもあるからか。

これはやばい。一瞬でお金がなくなってしまう！　どうしよう……。そうだ！　イルさんにワイバーンを買ってもらおう。前に欲しいって言われてたし。アイテムボックスに沢山あるから、お金になるよな？

はぁ……良かった。とりあえず、どうにかなりそうだ。

「了解です。三週間後にまた来ますね」

あっ！　そうだ。聖獣達のお手入れグッズが残り少ないんだった。

「デボラさん、コイツ等のお手入れグッズがまた欲しいんだけど……」

「それならみんな毛並みも違うから、今度はそれぞれにあったシャンプーやブラシにした方がいいんじゃない？」

『ティアだけのブラシ！　欲しいの！　ティーゴ！』

瞳をウルウルさせてティアが俺を見てくる。

『お願い……』

「くっ……！　みんなにあったお手入れグッズを出してくれ」

こんなの、可愛過ぎて断《ことわ》れないよ。

「毎度あり～♪」

デボラさんは中々商売上手だ。

「全部で金貨一枚と銀貨二枚ね！」

「はい！」

これはそんなに高くなくて良かった、とほっとしながら俺は硬貨《こうか》を支払った。

「ありがとうございます」

デボラのお店に居たらお金がいくらあっても足りないな。

よし、一旦宿泊施設に戻って、イルさんが何処に居るか聞いてみよう。

デボラさんにお礼を言ってから、俺は銀太にニューバウンの部屋に戻るよう、お願いする。

『分かったのじゃ！』

シュンッ！

部屋に戻ると、俺は早速施設の受付カウンターに行った。

「すみません。今オーナーのイルさんが何処に居るか、分かりますか？　頼まれた物が用意出来たので渡したくて」

「イルですか！　ちょうど先程連絡があり、本日中にニューバウンに到着するとのことです」

おおっ、ナイスタイミングだよ！　イルさん！

「じゃあ着いたら連絡もらえますか？」

「分かりました。ご連絡いたします」


俺は部屋に戻り、みんなをブラッシングしている。

『ふぅ……ティア専用のブラシは気持ちいいの！　前よりもっとふわふわなの！』

確かに専用のブラシは使い易《やす》く、より毛並みが良くなった。値段はちょっと高いけど流石だな。

毛を梳《す》いていると、部屋の壁にかかった魔道具が音を鳴らした。

リンリン♪　リンリン♪

リンリン♪　リンリン♪

あっ！　これは呼び出し音だ！

イルさん、思ったより早かったな。

受話器を持ち上げると、予想通り、イルさんの声が聞こえてきた。

「ティーゴさん！　イルです！　頼まれた物って！　もしや？」

「そうです。ワイバーンです」

「おおお……っやったー!!　早速見せて欲しいので、私が所有している倉庫に一緒に来てもらえますか？」

「はい！　モチロンです！」

俺は急いでイルさんが待っている施設受付に向かう。

みんなはお昼寝をしたりお風呂に入ったりとのんびりするらしく、ティアだけついて来た。

あっ！　イルさんが手を振っている。

「イルさん。お待たせしました！」

「全然大丈夫です。おや……？　この可愛い龍の子供は……？」

『ティアよ？　最近生まれたの』

「これはこれは！　イルです。よろしくね。可愛いティアちゃん」

『ふふ……可愛い？　そうなの！　ティアは可愛いの！』

「ふわふわの龍なんて初めて見ましたよ。本当に可愛いですね〜」

俺も初めてだよ。ふわふわの龍なんて。

「では行きましょうか？　後をついてきてくださいね」

「はい」

イルさんに案内されながら後をついて行く。

「こちらが、我が商会の倉庫です！」

案内された倉庫は、冒険者ギルドの建物が三つは入りそうなくらい大きかった。

「さぁ！　早速ワイバーンを見せてください！」

俺はアイテムボックスから一匹出してみる。

「おお！　こんなに状態のいいワイバーンは滅多に出会えませんよ！　これなら金貨三……いや四百枚ですね」

えっ……？　イルさん、何て言った？　聞き間違いか？　四百枚なんて……聞き間違いだな。

「ではティーゴさん、こちらのワイバーンを金貨四百枚で買い取らせてください」

「よっ、四百枚！」

聞き間違いじゃなかった！　ワイバーン一匹が金貨四百枚に化けた……まだワイバーンは沢山ある。最終的な金額を想像して、俺は唾を呑む。

「本当にありがとうございます。こんなに状態のいいワイバーンが入手出来るなんて！ワイバーンは捨てる部位がありませんからね！」

「あの……実はまだあるんですが」

「本当ですか⁉」

イルさんがキラキラした瞳で俺を見る。

俺はアイテムボックスからワイバーンを出していく……。

ドサッ！

ドサッ！
ドサッ！
ドサッ！
ドサッ！
ドサッ！
ドサッ！
ドサッ！

「あわわわわわっ……ワイバーンがこんなに！」

十四匹目で、イルさんが目を白黒させて様子がおかしくなってきたので……俺は出すのをやめた。

「一、二、三、……十。全部で十四も！　ワイバーンが我が倉庫に……信じられません！」

イルさんの興奮はどうやら最高潮《さいこうちょう》のようで、ワイバーンの周りを忙《せわ》しなく走っている。

「テテテテ……ゴクッ……ティーゴさん！　これを全部私に売ってくれるんですか？」

「えっ？　はい」

「やったー！　ワイバーンを十四も！　やった！　やったー！」

まるで子供みたいな喜び方だ。両手を上げてジャンプしている。そしてこちらを向くと、深々と頭を下げた。

「ティーゴさん！　本当にありがとうございます！　少し多めにお支払いします！　全部で白金貨四十五枚で買い取らせてください！」

はっ……白金貨四十五枚⁉

俺……白金貨なんて、今まで生きてきて見たことない！　何もしてないのに……物凄いお金が入ってきた。

アイテムボックスには、まだたんまりとワイバーンやらSやAランク魔獣が入っている……。

俺、もう働かなくても大丈夫なんじゃ。

「ではまたよろしくお願いしますね――！」

「はい！　またお願いします」

大金を手に入れホクホクの俺は、銀太達が待っている豪華な宿泊施設に戻る。

「ただいまー！」

ん？　……みんなが居ない……何処だ？

パシャッパシャ……！　奥から水音が聞こえてくる。

『気持ちいいのー……外にある温泉は……』

『本当だぜ……最高だな！』

風呂から声がする。みんな、露天風呂に入っているのか？　気持ち良さそうだな……俺も一緒に入るか。

露天風呂の戸を開けて、俺はみんなに声をかけた。

「ただいまー！　俺も温泉に入りに来たよ！」

『主！　お帰り！』

『おー！　ティーゴ！　どうだった？』

『ティーゴ！　お帰り！』

『ワイバーンは高く売れた？』

『お帰りっすね！』

みんなが口々にお帰りと言ってくれたのだが……。

「！？！？」

あわわわわわわわわ……!?

『ティーゴ？　どうしたの？』

『主～？』

「一号、二号、三号！　何で人化したままお風呂に入ってるんだよ！」

全てが丸見えの一号、二号、三号達のせいで、俺は目が開けられない……！

「頼むから！　お願いだから！　人化を解いてくれ！」

『人化？　あっ……！　そう言えば人化したままだったわね』

『忘れてたな？』

ボンッボンッボンッ……！

一号達が可愛い黒犬に戻る。

『ティーゴの旦那？　顔が真っ赤だぜ？』

『主〜？　どうしたのじゃ？』

『本当だわ！　ティーゴの顔が真っ赤なの！　ティアは心配なの！』

「そっそうか……？　暑いからか？」

綺麗なお姉さんの裸を見てドキドキしたなんて……言える訳ないだろ！

その後、落ち着いてから入った露天風呂は最高だった。海は綺麗に見えるし、潮風《しおかぜ》が涼《すず》しくて気持ちいい。

俺達はたっぷり満喫《まんきつ》した後、露天風呂を出た。

そして、体を乾かした聖獣達に呼びかける。

「みんな〜！　特製ジュースを作ったから飲んでみて？」

俺はフルーツを搾《しぼ》った果汁のジュースをみんなに渡す。

『特製ジュース？　なんじゃ？　気になるのう』

『特製ジュース？』

『飲みたいの！　ティアはすぐに飲むの！』

早速ゴクゴクと飲んで、聖獣達は顔を緩《ゆる》ませた。

『はぁ……甘くて美味しい……色んなフルーツの味がするのじゃ』

『美味っ……甘いのにサッパリしていて……なんて美味しいんだ！　これはジュースの革命だ！』

いやいやスバルよ？　革命なんて起きてないよ？

特製とは言ったけど、これはフルーツを搾っただけの、普通の果汁ジュースだ。

『美味しいわね！　色んなフルーツの味がするわ』

良かった。みんな気に入ってくれたみたいだな。

フルーツが沢山あるから、これは風呂上がりの定番にしたいな。

ふぁあ……、と欠伸が漏れる。今日はあちこちに出かけて疲れたな。

「みんな……そろそろ寝るか……？」

『『『はーい』』』

★　★　★

翌日、俺は冒険者ギルドに足を踏み入れた。ノウイさんが出迎えてくれて、首を傾げる。

「おっ？　ティーゴどうしたんだ？　この前のダンジョンの依頼料はまだ用意出来てな

いぞ？」

「いや……この街の領主、アステリア辺境伯邸への行き方を教えてもらいたくて！」

「アステリア辺境伯邸か！　何でだ？」

俺はノウイさんに、辺境伯邸に行くことになった経緯《けいい》を話す。

本当は行きたくないけど、ルティアナに押しつけられた髪飾りをさっさと返し、貴族様との関係を断《た》ち切って普通の生活に戻りたい。

話を聞いたノウイさんは頷いた。

「なるほどな。分かったよ！　俺が連れて行ってやるよ！」

「えっ？　いいの？」

「俺とアステリア辺境伯は長い付き合いだからな！　任せとけ。なっ？」

こうして、俺はノウイさんと辺境伯邸に行くことになった。

この後……また大変なことに巻き込まれるとは露知《つゆし》らず。

5　アステリア辺境伯邸

辺境伯邸には馬車で行こうとノウイさんが提案してくれたが、銀太達が乗れないし、自分だけ馬車に乗るのも嫌だ。

結果、ノウイさんは馬に乗って、その後を銀太に乗った俺とスバルとティア、更にその後を人化した一号、二号、三号が、馬に乗ってついて行くことに決まった。

ニューバウンの街中を銀太に乗って走った時は、かなり目立ち……少し恥ずかしかった。

しばらく走ると、だんだん建物がまばらになっていき、庭付きの広い屋敷が点在する地区に出る。貴族や金持ちの住む辺りだそうだ。

その中でも一際大きな門の前で、ノウイさんの乗っている馬が止まる。

「ついた……ここが辺境伯邸だ！」

「…………これが？」

目の前には大きな門。さらにその奥には、お城かと見まごうような大きなお屋敷が建っていた。

「これは……家……？　なのか？」

「ははっ、確かにな！　何回も来たことある俺でさえ、入る時は毎回緊張するよ！」

目を白黒させて驚きを隠せない俺に、ノウイさんは笑った。

「じゃっ、中に入るか！」

そう言うと、ノウイさんはスタスタとお屋敷に入って行く。

銀太から降りた俺もついて行こうとするが、緊張のあまり、右手と右足が同時に出る。

『プッ……ティーゴの旦那？　歩き方がなんか変だぜ？』

『主～どうしたのじゃ？』

それを見たノウイさんまで笑う。

「あははは っ！　まっ、辺境伯は気さくでいい奴だからな？　緊張なんて今だけだよ？」

くそう……みんなして笑って。田舎者の俺は、こんなに豪華なお屋敷に行ったこともないし、緊張するんだよ！

お屋敷の中に入るとこれまた大きな玄関が……。

「凄い……」

ノウイさんがお屋敷の人に声をかけ、俺達のことを説明してくれる。

今更《いまさら》ながら、一緒に来てもらって助かった。こんなに豪華なお屋敷に俺だけじゃ、緊張して入ることすら出来なかっただろう。

「お久しぶりです！　ティーゴ殿」

「あっ！　トンネルの時の！」

暁トンネルでルティアナと一緒にいた召使いの人が、俺達に気付き話しかけてきた。

「あの時は本当にお世話になりました。こうして私が普通に仕事が出来るのも、ティーゴ殿が助けてくれたからです。ありがとうございます」

「いやいや……もうお礼は前に言ってくれたから。大丈夫だよ！」

「おーい！　ティーゴ行くぞ？」

ノウイさんが手招きして俺を呼んでいる。

「では私は仕事に戻らせていただきます」

綺麗なお辞儀をして、召使いの人は去っていった。

俺とノウイさんは、案内された応接室で、辺境伯様とルティアナを待つことに。

高そうなソファに絨毯《じゅうたん》だな……座るのも緊張する。

『この下に敷《し》いてあるのは、中々フカフカで気持ちがいいのう』

『おー！　確かに俺達が泊まってる所よりもフカフカだ！　凄いな！』

銀太達は余裕だな……俺だけか、緊張してるのは。

ポスンッ！　と、ティアが膝の上に座ってきた。

『ティアはここに座るの！　フカフカの絨毯よりティーゴがいいの！　ふふっ』

何だそれっ……可愛いな！

ティアのおかげで緊張が少しほぐれてきた。ありがとうな。

執事《しつじ》らしき人が扉を開けると、アステリア辺境伯が入ってきた。

「こんにちはティーゴさん！　初めまして、辺境伯のルドルフ・アステリアです。先日は娘を助けていただき、ありがとうございます！」

白金色《しろかねいろ》の長い髪に色白な肌をした、壮年《そうねん》の美丈夫《びじょうふ》が登場した。

「よう！　ルドルフ！　久しぶりだな？」

「ノウイ！　久しぶりですね！」

辺境伯様がノウイさんの手を握る。どうやら二人はかなり仲がいいようだ。

ノウイさんが辺境伯様を見て訝《いぶか》しむ。

「どうしたんだ？　お前……ちょっと顔色が悪くねーか？　やつれてるし……」

「実は……妻の容体《ようだい》が悪く……手を尽くしましたが、もう成す術《すべ》もなく……」

「妻って！　エミリーがか？　ついこの間まで元気だったじゃねーか！　ウソだろ……！」

「ルクセンベルクの街で青色病という病気が流行《はや》ったのを知ってますか？」

「ああ……ルクセンベルクのギルマスから話は少し聞いたが」

「妻のエミリーも青色病に……」

「なっ何だって……？　そんな……」

「この病気になると絶対に治《なお》らない……死の病気だったのですが！　ルクセンベルクに神様が現れて、全ての青色病の人々を治してくれたと聞き……！」

んん……？　何かこの話の流れは、やばくないか……？　神様って、俺達のことだよな？

「私は慌ててルクセンベルクに向かいました！　ですが神様は去ってしまった後でした。しかし諦《あきら》めきれず、ルクセンベルクで神様の情報を集め、私は必死に探しました」

「神様の情報？」

「はい！　ルクセンベルクでは神様の銅像が立ち、姿絵など沢山のグッズが販売されていましたので、情報を集めるのは簡単でした」

ブフォッ⁉

銅像だって？　おいおいルクセンベルクの人達よ！

何してくれてんの？

「神様は一人ではなかったのです。大きな白銀の犬の姿をした神、赤と白が混ざった鳥の姿をした神、それに人の姿をした神、さらに美しい女性の姿をした神が三人も……」

辺境伯様……頼むからもう喋らないでくれ！　恥ずかしくて倒れそうだ……。

「……なぁ？　それって……ティーゴじゃ……ププ」

ノウイさんが俺に気付き、笑いを堪えながらこっちをチラチラ見る。

「そうそう！　まさにティーゴさんのような…………………⁉」

辺境伯様が無言で俺達を一人ずつ見回していく。

「あっ……あわっ……」

ズザーッ‼

「かかっ神様ー‼」

辺境伯様は綺麗なジャンピング土下座をしてきた！

本当、もう神様扱いは勘弁《かんべん》してください……。

「ティーゴが神様の正体《しょうたい》だったのか……」

ノウイさんがマジマジと俺を見る……。

「神様！　お願いです！　妻を、エミリーを助けてください！」

辺境伯様はずっと土下座したままだ。やばいっ……！　辺境伯様に土下座させるなんて！

「あのっ辺境伯様？　顔を上げてください。それと普通にしてください！　奥様は治しますから！」

辺境伯様は涙目になりながら顔を上げる。

「妻を治して……？　神様……ありがとうございます……」

俺達は辺境伯様の案内で、奥様が居る部屋に入る。

「ここが妻の寝室になります」

入ってみて、俺は目を疑《うたが》った。

なっ何だ……!?　この部屋は？

「フフッ……気付いてくれました？　ルクセンベルクで販売されていた神様グッズを沢山買ってきて飾ってるんです！　特にお気に入りはこの大きな姿絵でして、毎日お祈りをしています」

辺境伯様は得意げに話すが……。

何これ！……恥ずかし過ぎる。

特大の姿絵は二メートル四方はある大きな紙に描《えが》かれていた……しかも、実際の俺よりかなりカッコ良く。これは誰だよ……！

『ほう？　これは中々……カッコいいのう。マントも！　我はこの絵が気に入ったのだ……』

『本来の姿じゃなくてチビサイズなのがなぁ……でもまっ、カッコいいな。俺ってやっぱりカッコいいわ！』

銀太とスバルは姿絵が気に入ったみたいだ……。

『この絵……ティアが……いないの……』

やばいっ！　ティアが泣きそうだ。

この時はまだ卵だったからなぁ……。

「またティアの姿絵を描いてもらおうな？　なっ？」

俺はそう話しながらティアの頭を撫でてやる。

『絶対なの。約束だから！』

「ああ約束な！」

ベッドで寝ている奥様に目をやると、その姿は青色病の末期だった……。俺の親父のように青く固まっていた。

その横でルティアナが泣きそうな顔をして座っていた。

前に会った時の、元気で、ちょっと強引なルティアナとは全く別人だ……。

俺はルティアナの様子が気になり、声をかける。

「ルティアナ……？　大丈夫か？」

「……ティーゴ様。せっかく訪ねて来ていただきましたのに……すみません。お母様が……」

「安心しろ！　お前のお母さんは治してやるからな！」

そう言ってルティアナの頭を撫でた。

治すという言葉に安心したのか、ルティアナは泣き出してしまった。

「ティーゴ様……！　あぁ……」

「銀太、スバル！　ちゃっちゃと終わらせるか！」

『ふむ……そうだの』

『おうよ！』

《リザレクション》

銀太が魔法を放った。

その瞬間、辺境伯様の奥様の体が眩しく光る！　そこに、スバルが光る青いキノコの胞《ほう》子《し》をふりかけていく。

眩い光が落ち着くと、奥様の青かった肌は血色が良くなっていた。

奥様の目がゆっくりと開く……！

「……エミリー！」

「お母様!!」

辺境伯様とルティアナは、泣きながら奥様に抱きついた。

「あら？　何……？　どうしたの二人とも……？　何で泣いているの……？」

辺境伯様の奥様は事態が呑み込めず、少し戸惑《とまど》っている。

「良かったなぁ……グスッ……本当良かったぜ」

その様子を見ていたノウイさんまで、気が付くと泣いていた。

辺境伯様は事の経緯を奥様に話したようだ。するとまた三人で抱き合い、泣いていた。

「神様の皆様！　本当にありがとうございました！」

「お母様を治してくれて、ありがとうございます」

「私の病気を治していただきありがとうございます。神様は本当に存在したのですね……」

辺境伯様、奥様、ルティアナが口々にお礼を言う。「神様」という呼び方が少し気になるが……。

「私共は、神様にどのようなお礼をすればよろしいのですか？」

「お礼は要《い》らないです」

「そんな！　命を助けていただいた神様に、お礼が出来ないなんて……！　何でもいいのでお礼をさせてください」

困ったな……急にお礼って言われてもなぁ？　何も思いつかないよ。

「ティーゴよ。お前は欲がねーなぁ……？　今なら何でも叶えてくれるぜ？」

ノウイさんが不思議そうに俺を見る。

そんな顔されても、今欲しい物がないんだよなぁ。

あっ……！　そうだ！

「この大きな姿絵に、俺の横にいる龍のティアを描き足してもらえないですか？」

俺は辺境伯様にティアを見せる。

「えっ……？　こちらの可愛い龍の神様の姿絵を……？　あっ！　本当にない！　龍の神様が抜けている！　至急《しきゅう》、絵師を呼んで描かせます！」

辺境伯様が俺達を神様扱いするのは、どうにかならないかな……。

辺境伯様はすぐに絵師を呼び、ティアをモデルに絵を描かせた。俺がお願いして三十分も経たない間に絵師さんがやって来た。

『可愛く描いてなの！　ティアは可愛いの！』

ティアは嬉しいのか、翼をパタパタさせてクルクル飛び回っているので、絵師さんは描きにくそうだ。

しかし、辺境伯様の力って凄いなぁ……呼んだらこんなすぐに絵師さんが来るんだもんな！

落ち着いたので話を聞いてみると、経緯はこうだった。奥様が青色病に罹《かか》ったのはひと月ほど前のこと。たまたま遠くへ出かけている時に青い魔獣に襲われて、触ってしまったという。それから一週間後には全身が青くなり、意識も失った。

ルティアナが俺と会った時には、奥様は臥《ふ》せっていたことになる。塞ぎ込んでいたタイミングで出会ったから、俺達のことをあんなに気に入ったのかもな。

『うむ！　このケーキはふわふわで美味い！　我は気に入ったのだ！』

『こっちのサクッとしたのも美味いぞ？』

ティアの絵が出来上がるのを待っている間、みんなは辺境伯様が用意してくれた高そうな甘味を食べている。綺麗でキラキラしていて、食べるのがもったいないくらいだ。

「おっ！　高そうなケーキだな！」

ノウイさんがケーキをマジマジと見ている。

「フフッ……いくらでも食べてね。久しぶりねノウイ！　あんまり辺境伯邸に遊びに来てくれないから……」

「中々上品過ぎるんだよ！　ここは」

ノウイさんと辺境伯様達は仲がいいんだな……タイプが全然違うのに、どうやって仲良くなったんだろう？

「何だティーゴ？　俺達の関係が気になるか？」

わっ、心の声がバレてる！

「俺達は昔、冒険者パーティを一緒に組んでたんだよ！」

「えっ！　そうなのか！」

意外だなぁ。

「意外って思われますか？　これでも私は賢者をしていたのですよ」

今度は辺境伯様にまで……！

俺って、そんなに思ったことが顔に出てるのか？

ノウイさんが懐かしそうに遠くを見る。

「俺は戦士で、エミリーが魔法戦士だったんだよ。他に後二人メンバーがいたけどな？これでも俺達のパーティはSランクまでいったんだぜ？」

「Sランク！　凄い！」

「まぁな……それで俺はギルマスになれたんだしな」

「ちょっと、私も座らせてください！」

俺とノウイさんの間に無理矢理ルティアナが座って話しかけてきた。

「ティーゴ様、こちらのケーキも美味しいですわよ？　食べてみてください」

「ありがとうな。でもお腹いっぱいだよ！」

「まぁ……？　まだ他にもお勧めのケーキがありましたのに！」

エミリーさんが元気になって、いつものルティアナに戻ったな。

「あっ……！　そうそう！　今日はこれを返しに来たんだ。はいっ！」

俺はアイテムボックスから髪飾りを出してルティアナに渡す。

あれ？　ルティアナが少し寂しそうだ。髪飾りを返したのに、嬉しくないのか？

「あの……ティーゴ様はまた遊びに来てくれますか？」

「えっ……！　またここに？　緊張するからなぁ……うーん」

困ったなぁ……もう来ませんとか言いにくいし。

俺が困っているので、何となく察したのか、ルティアナが寂しそうに話す。

「……ティーゴ様にもう会えないのですか？」

「会えないことはないけど……また旅に出るからな……次はいつになるか……ごめんな？」

俺はそう言ってルティアナの頭を撫でる。

「はわわっ……ティーゴ様！　私決めましたわ！　私をお嫁《よめ》さんにしてくださいませ！」

ブーーッ⁉

「なっ……何を急に！」

「おっ？　ティーゴいいじゃねーか」

ノウイさんが茶化してくる。

「ルティアナ⁉　神様に失礼ですよ？」

辺境伯様が慌てて止める。

「お父様お願いです。私はティーゴ様がいいのです！」

『何だぁ？　ティーゴの旦那？　愛の告白か？』

スバルがこちらの話に気付いて面白がってる。

くそう……後で覚えとけよ？

『何？　どーしたの？』

みんなの様子に気を取られて、ティアまで飛んできた。

『ティーゴの旦那が愛の告白をされたんだよ！』

『なっダメなの！　ティーゴはティアと結婚するんだから！』

ティアまで何を言い出してんだ。

「龍の姿ではティーゴ様との結婚は無理ですわ！　同じ人の姿をした私じゃないと！」

ルティアナがティアを牽制《りんせい》する。

『ダメなの、ティーゴはあげないの！　ティアだって人化出来るの！』

ボンッ！　と音を立てて、ティアはピンク色の頭をした、二歳くらいの女の子になった。

その姿は素《す》っ裸《ぱだか》だ。

「ティッ……ティア！　急に人化するな！　しかも素っ裸だぞ！」

『いいの！　ティーゴはティアのなの！』

ティアは素っ裸のまま、俺に抱きついてきた。

ルティアナも負けじと俺の腕にしがみつく……。

「ぶぁははは っ！　ティーゴッ……グハッ……モッ……モテモテじゃねーか！」

ノウイさんめ……面白がってるな。

「ルティアナ！　神様から離れなさい！　迷惑《めいわく》ですよ！」

「いや！　絶対に離れないんだから！」

辺境伯様が必死にルティアナを俺から離そうとするも、しがみついて離れない。

十歳の子供に龍の幼女……。

俺は大人のお姉さんがいいです！

6　新たなる旅立ちへ

『むう……ティーゴはティアのなの』

「私だって負けませんわ」

　ティアとルティアナが俺にピッタリ引っ付いて離れない……。ティアに至ってはいまだ素っ裸のままだ。

「ティアも！　ルティアナも！　ちょっと落ち着いてくれ！　お願いだから……なっ？」

「『……はぁい』」

　二人の勢いが落ちたのを見て、俺は言い聞かせる。

「ティアとルティアナが、俺と結婚したいって言ってくれるのは凄く嬉しいけど、もう少し大人になった時にそのことは考えよう？　なっ？　分かった？」

「でも私はティーゴ様ともう会えないのでしょう？」

　ルティアナが涙目で俺を見上げる。

「……分かったよ！　また遊びに来るから！　なっ！」

「本当ですの！　約束ですわよ！」

「ああ……約束だ！」

ルティアナの頭をクシャクシャと撫でた。

「はわっ……」

ルティアナが俯《うつむ》いて何やらブツブツ喋っている……何言ってるんだ？

「それからティア！　お前は急に人化することは禁止だからな！　分かった？」

『だって龍の姿だと結婚出来ないの……ティアはティーゴが大好きなの！』

どうやらルティアナに言われたことを相当気にしているようだ。

「俺は龍のティアも大好きだぞ？　なっ？」

『大好き！　ティアは嬉しいの。分かったの！　約束するの！』

「可愛い服を買ってやるからな？　そしたらまた人化しような？」

『分かったの！』

ボンッ！　ようやくティアがいつものチビ龍に戻った。

俺がため息をついていると、後ろから声がかかる。

「あの〜すみません……絵が完成いたしました！」

絵師さんの描いたティアの絵が仕上がったみたいだ。

聖獣達が率先して絵の前に行って、しげしげと眺める。

『どれどれ？』

『ほう……中々いいのう』

『あら？　いいじゃない……』

姿絵には空を楽しそうに飛んでいるティアが描かれていた。

『ティア可愛いの……』

「良かったな？　ティア」

嬉しそうに見惚《みと》れるティアを見て、俺は微笑《ほほえ》んだ。

★★★

俺達とノウイさんは、辺境伯邸を後にして一緒に冒険者ギルドに来ている。

あの後ノウイさんに魔法鳥が飛んで来て、俺達のダンジョン探索の報酬が用意出来たということを知らせた！

てな訳で、一緒に冒険者ギルドに戻って来たのだ。

「お土産、沢山くれて良かったな！」

「本当に！　貰い過ぎなくらいだよ」

辺境伯様は俺がアイテムボックス持ちだと分かると、豪華な食器やケーキ等の甘味、それに調味料や食材など、お土産と称して色々なものをくれた。さすがに宝石類などの高価な物は断ったけど。

辺境伯様には、神様って呼ぶのはやめてくれと頼んだんだが、無理だった……。奥様のエミリーさんを治したことが、決定打になったよな。はぁ。

ノウイさんが意地悪そうに笑う。

「しかしティーゴが神様だったとはな？」

「正確には俺じゃなくて銀太達だけどな？」

「Sランクダンジョンを散歩でもするように軽くクリアするんだからなぁ……聖獣様っていうのは規格外に強いんだな」

そう言いながら、ノウイさんがずっしりとした袋を取り出す。

「これがダンジョン探索の報酬、金貨三百枚だ！」

「金貨三百枚⁉　こんなに貰っていいんですか？」

「あんなに詳しくダンジョンのことを調べてくれたんだ。これでも少ないくらいだよ……」

「ありがとうございます！」

「ところでティーゴ……お前達はこの後はどーするんだ？　まだニューバウンに居てくれるのか？」

「……急だけど、明日にはニューバウンの街を出ようと思ってる。今まで長いことドヴロヴニク街にいたからさ、もっと色んな所を回りたいんだ」

「そうか……寂しくなるな。またニューバウンに遊びに来いよ？　で、次は何処に行くいよな。


んだ？」

次か？　そういえば決めてなかったな。

そうだ……エルフの里にティアを見せに行かないと！　親の聖龍だってティアに会いたいよな。

「エルフの里に行こうかなと思ってる」

「エルフの里っていやぁ、この世界にいる全てのエルフ達が集まる秘境だよな？　ティーゴはそんな場所まで知ってるのか」

「えっ？　いや全く……」

「はぁぁ？　お前、よくそれでエルフの里に行こうとか言ったな！　ギルマスやってる俺でさえ、エルフの里に関して詳しい場所を知ってる奴なんて、今まで聞いたことねーんだよ！」

「えっ……そうなのか？」

エルフの里はそう簡単には分からないのか……知らなかった。

「俺が知ってる情報だと、このニューバウンより北にあるってくらいだな……」

「そうなのか……ありがとうノウイさん。じゃあとりあえず北を目指して旅をするよ！」

「このニューバウンの北には、鉱山の街セロデバスコがあるぞ。そこでエルフの里の情報収集をしたらどうだ？」

「おお！　ありがとうございます。ノウイさん！　そうします！」

「じゃあセロデバスコのギルマスにお前達のことを伝えておくな？」

「ハイ」

ノウイさんと固く握手をして、俺達は冒険者ギルドを後にする。

鉱山の街かぁ。

どんな街なんだろうな……楽しみだな。

みんなで豪華な宿泊施設に戻ってきた。

俺は次の行き先のセロデバスコのことを銀太達に話した。

「明日はこのニューバウンから違う街に行こうと思う。そしてエルフの里にも行こうと思ってる」

『エルフの里……主？　それは何でじゃ？』

「ティアの親、聖龍にティアを会わせたいなと思ってな」

『なるほどな？　いいんじゃねーか？』

『ティアの親……ちょっと気になるの……』

『んでエルフの里の場所って知ってるのか？』

「いや分からないんだ」

『何よそれ！　そんなの、エルフに聞けばいいじゃない。例えばええと……高貴なるオソロのエルフとか！』

三号がデボラさんに聞いたら早いと言う。

「そうか！　本当だな。エルフに聞いたらいいんだよな。何でこんなこと思いつかなかったんだ？　さすが三号、頭いいな！」

『ええ？　ふふふっ』

まぁエルフの里行きは急ぎじゃないし、今度高貴なるオソロを取りに行く時に、デボラさんに聞いたらいいか。それまではセロデバスコを楽しもう。

「ってことで明日からまた旅になるけどいいか？」

『そうっすね――……あっしはティーゴと一緒なら、何処でも楽しいっすからね』

『主と歩いて行く旅は楽しいのだ……』

『そうだな！　楽しいな！』

じゃあ明日はニューバウンを出発だな！

俺達は明日を楽しみに、みんなでいつも通りギュウギュウにくっついて寝た……。

★　★　★

朝起きて、みんなで朝風呂に入りゆっくりした後、朝食を食べてこの豪華な部屋を出ることにした。

「準備完了、部屋に忘れ物もないな？　……じゃあ、旅に出るか！」

部屋を片付けて俺達は宿泊施設の受付に向かう。

この部屋を出る手続きと、イルさんにお礼と次の行き先を伝えてもらうためだ。

「かしこまりました。イルに伝えておきます！　当宿泊施設をご利用いただきありがとうございました」

朝の新鮮な空気を吸いながら、俺達はニューバウンの大きな門を通り抜け、街の外に出た。

じゃあ出発するか！

俺はセロデバスコへの道を確認すべく地図を開く。

ふーむ。このまま真っ直ぐに森と川を越えて行くのが、一番の近道だな。

街道を通って安全な道を行くのもいいんだけど、俺は森探索の楽しさを知ってしまった。

森があるなら行くしかない！

「このまま森を抜けて行くぞ！」

『ククッ……主は森が好きよのう』

『きっとまた草をいっぱい採《と》るんだぜ』

『ティーゴの趣味《しゅみ》はよく分からないけど……まぁ楽しそうだからいいんじゃない？』

俺は知らなかった。まさか聖獣達に『ティーゴは森で草を集める変な趣味がある』と思われていることを。そんなことなど露知らず、今日も森で薬草採取を楽しむ。

「おっ！　この森も早速レアな薬草が生えているぞ！　あっ！　ここにも……フフッ……大漁大漁」

『主〜我はお腹が空《す》いたのじゃ！』

薬草採取に夢中になっていて気付かなかった。もう昼か？　時間が経つのは早いなぁ。

「ここら辺で昼飯にするか！」

『我はカラアゲが食べたいのう……』

「ふふっ銀太は本当にカラアゲが好きだな」

確かに美味しいけど……そうだ！　カラアゲのタレを作るか！　妹のリムがこのタレ大好きなんだよな。

俺はロックバードを油で揚《あ》げている間にタレを作る。

卵を茹《ゆ》でてタマネーギを細かく刻む……潰した茹で卵と刻んだタマネーギを、母ちゃん秘伝のソースで和《あ》える。仕上げに酸味の強い果汁を搾って、出来上がり。

このタレ美味いんだよな。

ロックバードのカラアゲに別の甘辛いタレを絡ませて、そこにこの特製卵タレをいっぱいかけたら完成だ！

『なんじゃ？　今日のカラアゲはいつもと違う！　黄色いタレがかかっておる』
「ふふふっこのタレが最高に美味いんだぜ？」
『何？　美味いのか！　どれ……』
サクッ……！
『何と！　このタレは卵か！　それが何とも美味い！　んんっ』
銀太に続いてスバルもカラアゲを頬張る。
『美味過ぎる……！　これは革命だ！　カラアゲ革命だ！　美味いぞ！』
スバルよ……革命って……。
これはただの卵のタレだ！
『本当美味しいわ……私はこのタレがかかってる方が好きね』
『あっしはいつものが好きっすね〜、これも美味いけど！』
『俺はどっちもだ！』
『ティアはこのタレが好き！　タレだけいっぱい食べたいの！』
小さな翼を羽ばたかせ、ティアは飛び回る。
「ティア！　飛びながら食べたら落とすよっ」
ポタッ！
ティアが咥《くわ》えていたカラアゲを落とした。

「ほら……？　言ったそばから」

『落ちたのくらいへーきなの！　ティアは食べるのっ！　……えっ！　あれっティアのカラアゲがっ！　ないのっ』

落とした先では、真っ白で長い毛をした猫が、カラアゲを美味そうに食べていた……猫の可愛さに、俺は思わず近づく。

「うわー可愛い！　俺、猫をテイムしたかったんだよな……コイツ、ノラなのに綺麗な毛並みだな！　よく見たら、尻尾の先と手足の先だけグレーなんだな」

俺は猫の頭をそっと撫でる。

《テイム》

「ふふっ、何てなっ」

その瞬間――パアアーッ！

眩い光が俺達を包んだ。

「えっ？？　何でだ？」

これってテイムの光？　俺は猫をテイム出来ないはずだけど？

『主⁉　猫をテイムしたのか？　なんと……』

「俺も意味が分かんないんだよ」

『ティーゴ……？　とりあえずその猫に名前を付けてやれば？』

「そっ……そうだな」

二号に促《うなが》されて、俺はちょっと考える。

綺麗な宝石、パールみたいな白い毛並み。よし、決めた。単純だけど……。

「お前の名前はパールだ！」

パアアーッ！　またも光が放たれた。これも見覚えがある。

『テイム完了したみたいだな！　もしかしてコイツは、猫じゃなくてSランクの魔獣なんじゃ？』

『そうだの！　ステータスを見てみたらどうじゃ？』

確かに！　猫じゃないのかも……どれ？

神眼で見ると……。

ヴォン！

【猫】
名前　パール
種族　猫
ランク　F
年齢　2

性別　オス
レベル　2
体力　20
攻撃力　10
魔力　8
幸運　2
主　ティーゴ

猫だ……！

「やっぱり普通の猫だ……何コレ！」

スバルも神眼を使って確認してくれる。

『本当だな……猫だ。ティーゴの旦那は、Sランク以上しかテイム出来ないんじゃなかったのか？』

「そのはずなんだけど……？　俺のスキルが変化したのか？」

今度は俺のステータスを確認する。

名前　ティーゴ

種族　人族
ランク　SS
年齢　17
性別　男
ジョブ　魔物使い
レベル　85
体力　2168
攻撃力　3650
魔力　99970
幸運　1050
スキル　全属性魔法　神眼　アイテムボックス　メタモルフォーゼ
　Sランク以上の魔獣や魔物をテイム出来る。
　Sランク未満の魔獣や魔物はテイム出来ない。
　蝨ォ騾?鬲披ゥ↑new!
使い獣　フェンリル銀太　グリフォン昴　ケルベロス暁　樹　奏　聖龍ティア
　鬲皮視パール↑new!

ステータスのスキルは変わってない……⁉　んっ⁇

新しいスキルが増えてるけど……【蜑ォ驟?·鬲疲ゥ　↑new!】これなんて読むんだ？　文字化け？

使い獣のところにパールって書いてあるな。パールの種族名……鬲皮視⁉　これもか！

文字化けしてる……種族が読めないとか、そんなことあるか⁉

よく分からないが、可愛い猫のような仲間が増えた……！

……猫⁉　なんだよな？

閑話――魔王ルシファー

「何ということじゃ……⁉　ワシ……ワシ……魔王に転生しとる！」

魔王城の中で、私――いや、ワシはとんでもないことに気づいてしまった。前世の記憶を取り戻したのじゃ。

くそう……！　これが魔王の呪いじゃったのか！　魔王討伐《とうばつ》の時に受けた呪い……！　ちゃんと弾き返せてなかったのだ……。

ワシはかつて、アレクサンダー王に頼まれ、魔王討伐の任に就《つ》いた。特に苦労もなく、あっさりと倒すことが出来た。そのはずじゃった。

……しかし、ワシが魔王となった今、前魔王の思念が分かる……。あやつは倒される直前、ワシに謎《なぞ》の呪いをかけた。当時のワシはそれを弾き返したつもりでおったのじゃが、そうではなかった。

じゃからあの時、魔王は死の間際《まぎわ》に笑っておったのじゃ……はぁ。

それは、ワシを次の魔王に転生させる呪い。

この大賢者カスパールが魔王などに転生するとは……！

ぐぬう……解《げ》せぬ。

あっ！　このままじゃと、ワシは人族達から討伐されてしまうのか⁉　……それは困るのじゃ！

……そうじゃ！　人族達に迷惑をかけなかったら……誰もワシを討伐しに来ないんじゃ……？

それじゃ！　その手で行こう。やっぱりワシ天才！

一人考えをまとめていると、扉の向こうから声がした。

『魔王様！　ベルゼブブです！』

ベルゼブブ……四天王だったような気がするの。前世の記憶が戻った反動で、今世の記憶の方が曖昧《あいまい》になっておるわい。

「なんじゃ……？　入れ！」

『魔王様！　このベルゼブブめ、再び人族達に青い病気を流行らせて、困らせてやろうと思っております！　前回は失敗したのですが、今回は必ず成功させてみせます！　その暁には……ぜひ！　ぜひともこのベルゼブブを、魔王様の一番の側近にしていただきたく……』

なっ⁉　何じゃと……？　青い病気じゃとぉ⁉

「ダメじゃダメじゃ！　何を言うておるんじゃっ！　人族には何もせんでいい！　分かったの！」

『で……ですが？　以前に魔王様は、一番人族を困らせた奴を、一番の側近にするとおっしゃっていたではありませんか……』

ぐぬう……ワシは何を言うておるのだ！

前世の記憶を取り戻した今、悪事などもう出来ぬ！

「いかんいかん！　人族に何かした奴はワシが魔族から排除《はいじょ》してやる！　分かったの？魔族の皆に伝えろ！　分かったら行け」

『はっはいぃー！』

ベルゼブブは大急ぎで部屋を出た。

はぁ……厄介な呪いを受けてしもうたのう……ん？　大きな姿見に今の姿が映っておる。

ほう……この魔王は中々の美丈夫じゃのう……うむ。ワシ……中々カッコいい。

紫の瞳は前世と同じか。髪は真っ白で腰まである。ほう……頭に生えとる二本の角《つの》が魔王っぽいのう。

はて、ワシが死んでからどれくらいの時が経ったのであろう。ここに留《とど》まるつもりもないから、姿を変えて人族達の図書館に行ってみようかの？

転移魔法は使えるか……どれ？　体中の魔力を感じ取って調べてみると……。

おお……！　前世でワシが使えた魔法は全て使えそうじゃの。良かった。

よしっ、ならば、慣れ親しんだドヴロヴニク街にまずは行くとしよう。早速転移じゃ。

ワシは変哲《へんてつ》もない人族に姿を変え、街中に転移した。

ふうむ？　街が大きくなっておる……！　見たことがない店がいっぱいじゃ。

待て、あれはデボラの店か？

あんなに大きな店になっておるのか。ワシが通っておった頃は小さな店じゃったのに……アヤツめ、儲《もう》けたんじゃの……。

デボラの店がまだあるということは、ワシが死んでからそんなに時が経っておらんのか……？

しばらく歩くと、石造《いしづく》りの大きな館《やかた》に行き当たった。

「おお……あった！　図書館はここじゃのう！」

本棚《ほんだな》の間をすいすいと歩いていく。

棚の端《はし》には、収められている書物の分野が記されていた。歴史……ええと国の歴史……これじゃの！

目当ての棚を見つけ、その中でも一番新しそうな歴史書を手に取った。

パラパラとめくりながら大体の歴史を把握《はあく》し、最後に今が何年後なのかを突き止めた。

「なっ！　ワシが死んで三百年後か！　なるほどのう……街も大分変わるはずじゃ！」

む……そうじゃ、三百年後ならスバル達は生きておるな！　彼奴等、どうしておるのじゃろう。新しい主は見つかっておるのかのう？

ああ、気になるのう。スバル達の様子が見たいのじゃ。

姿を変えて、コッソリ見に行くか？　ワシの住んでいた家に転移してみるかの。

そうじゃっ……！　スバルは神眼を持っておる！

姿を変えただけじゃと、ステータスを見られたら、魔王じゃとすぐにバレてしまう！

うーん……？　困った、どうしようかの。

そうじゃ！　ワシのオリジナル魔法の、ステータス隠蔽《いんぺい》魔法を使ったらどうじゃ！　これなら神眼を使っても分からないはずじゃ。

どれ、ワシのステータスは……と。

【魔族の王】
名前　ルシファー
種族　魔族
ランク　SSS
年齢　25
性別　男
レベル　65
体力　57800
攻撃力　67580
魔力　99999
幸運　34500
スキル　全属性魔法　創造魔法　メタモルフォーゼ　神眼　アイテムボックス
前世は大賢者カスパール。

おお……！　前世のスキルが全て使える！
んん⁉　前世は大賢者カスパールって書いてある！　これはやばいの！　元大賢者でしかも現在は魔王だなんてバレたら、話がややこしくなる。それだけは避《さ》けたいのじゃ！

やはり隠蔽魔法の出番じゃ！
しかし、何に変身しようかの……？
うーむ？　何処にでもおる猫にでも化けるか！
《メタモルフォーゼ》
よしっ！
後はステータスを変えて……っと。

【猫】
名前　ナシ
種族　猫
ランク　F
年齢　2
性別　オス
レベル　2
体力　20
攻撃力　10
魔力　8

幸運 2

おお……完璧に猫じゃ！　これならスバル達も分からぬの。

猫の格好に満足したところで、ワシは懐かしの我が家に転移した。昔と変わらず、雲海の景色が美しいわい。

ありゃ？　彼奴等の気配がしない……？　家には居らんのか？　それは好都合じゃ。これなら堂々と家に入れるの！

魔法で鍵を開けて、玄関から家の中をゆっくりと見渡す。ワシが住んでいた時と全く変わっておらん。大切に管理してくれていたんじゃの……嬉しいのう。

さらに奥の部屋に入ると……なんと、花で綺麗に飾られたワシがおった。

「なっ……なんじゃこれは⁉」

まるでワシが生きていて、眠っているようじゃ！

彼奴等め……埋葬《まいそう》しなかったんじゃな。ワシをこんな宝物みたいに大切に仕舞いおって……。

……ぐう……むっ胸が苦しい……！

はぁ……孫達の可愛さが、ワシを苦しめる。

じゃが丁度《ちょうど》いい！　亡骸《なきがら》の手に付いておる高貴なるオソロから、スバル達の居場所が分かる。ワシは透明のケースを開け、高貴なるオソロに魔力を注ぐ。彼奴等のいる先が徐々に見えてきた。

ほう……四人とも一緒に居るのか？

これは……もしや新しい主を見つけたのか？

直接確認してみる他あるまい。ケースの蓋《ふた》を元に戻すと、ワシはスバル達の所に転移した。

先ほどと打って変わって、ここは森の中のようじゃ。草花をかき分けながら、ワシは気配を辿る。

おったおった。スバル達、変わっておらんのう。ふむ？　みんなで集まって何かを食べておるのか？

スバル達のそばには、年端《としは》もいかぬ少年が佇《たたず》み、何やら会話をしておった。

ほう……あの少年がスバル達の新しい主か？

そこへ、ワシの集中を乱す匂いが漂ってきた。

何じゃ！　この美味そうな匂いは！　あれか！　あの揚げ物か？

『美味過ぎる……！　これは革命だ！　カラアゲ革命だ！　美味いぞ！』

スバルが美味そうに食しておる。革命と聞くと、俄然《がぜん》気になってきた。【カラアゲ】とは何じゃ？　そんなに美味いのか？

……ワシも食してみたい……。

思わず唾を呑んでおった。

その時、ポタリとカラアゲなる物が空から降ってきた！

何と！　これは神が与えたチャンスなのか？

いやダメじゃ……！　元大賢者カスパールたる者が拾い食いなど！

しかし、美味そうな匂いがワシを誘惑する。ああ……そうじゃった！　今はワシは猫なのじゃ！　猫は拾い食いする動物なのじゃ！　じゃから食していいのじゃ、うむ。

では遠慮《えんりょ》なく……はむっ！

口に入れた瞬間、ジュリッと肉汁が染《し》み出てきて、舌を刺激する。

う……美味い……！　何たる美味！　このような味は初めてじゃ！

よく味わっていると、何者かがワシの横にしゃがみ込んだ。

「うわー可愛い！　俺、猫をテイムしたかったんだよな……コイツ、ノラなのに綺麗な毛並みだな！　よく見たら、尻尾の先と手足の先だけグレーなんだな」

しまった！　【カラアゲ】に夢中で、人族が近づいていることに気付かなんだ。

こりゃ、ワシを気安く撫でるでない！

むっ……ふうむ？　この人族に撫でられるのは中々気持ちいいのじゃ……。

そしてワシが油断した瞬間、人族がふいに口にした。

《テイム》

たちまちワシの体が光り出す！

はっ？　へ？　何が起こったのじゃ……⁉　待て……テイムじゃと？

まさか、ワッ、ワシはこの人族にテイムされたのか？

何でじゃ⁉

★　★　★

それから、あれよあれよという間にワシは「パール」と名付けられ、使い獣にされてしまった。

魔族は魔物扱いになるからテイムされてしまうのか？　そうは言っても、ワシ、SSSランクじゃけども？

それをテイムするとは……この小僧は中々の手練《てだ》れやも知れぬ。

じゃが、そんなことはこの際どうでも良い。もう少しカラアゲが食べたいのじゃ。あの器に残った分を、どうにか分けてもらえんじゃろうか……。

「パール？　もしかしてお腹が減ってるのか？」

おおっ、中々気が利くではないか！　そうじゃ、ワシはカラアゲが食べたいんじゃ。

　ティーゴという小僧が新たにカラアゲを差し出してくる。

「ハムッ……サクッ……はぁ……美味いのじゃ！　カラアゲ！　こんなに美味いとはのう……！」

「えっ……パール……？」

　むぅ？　小僧が何やら不思議そうにワシを見ているのう？　そんなことよりも！

「おかわりじゃ！　ワシはカラアゲが気に入ったのじゃ！」

『『!?』』

『猫が……喋っておる……！』

『パール？　おいっ何で……猫が喋ってるんだよ？』

　はっ!?　しまったのじゃ……知らぬ間に喋っておった！

　スバル達までワシを不審《ふしん》に見ておる。

　こ、ここは猫のふりをしてやり過ごすとしよう。

「にゃ……にゃおーん……」

「いやいやいや？　パール？　急に猫の鳴き声とか出してもダメだから？　さっき美味い美味いって喋ってたよね？」

　ふぬぅ……しっかり聞かれておる。困った、どうしたらええんじゃ？

　ええと、確か、魔獣はテイムされると人語を話すことが出来る。ワシ……テイムされ

ちゃったし？　魔獣ってことにしようかのう。

「バレたら仕方ない……ワシはキラークイーンなのじゃ！　珍しい猫の魔獣じゃ！　テイムされたから、人語を喋れるようになったんじゃ」

「猫の魔獣？　そうなのか！」

『なるほどなぁ……キラークイーンもテイムされたら話すことが出来るんだな？　話すことが出来るの、上位魔獣だけだと思ってたぜ』

え？　そうなの？　上位魔獣しか人語って話せんの？　知らんかった。大賢者などと呼ばれとったが、ワシの知識は魔法に特化しておったからのう……。

「知らなかった……こんな可愛い魔獣がいるんだな」

んん？　どうやら上手いこと誤魔化《ごまか》せたようじゃのう。

「そういうことじゃ！　さぁ……分かったら早う……カラアゲをワシに寄越すのじゃ！」

「分かった……分かったよパール！　ちょっと待ってくれよ？」

小僧が追加の分を皿に盛ってくれる横で、スバルが声を上げた。

『んん……？　いやいや！　お前ステータスに猫って書いてあるじゃねーか！』

「えっ……そうなの？」

しまったのじゃ！　リアルを追求するあまり、ステータスもちゃんと猫っぽくしたのじゃった。

『本当ね……猫だわ。スバル、よく気が付いたわね』

三号が目を細めてこちらを見た。

みんながワシのステータスに気付き、不審に思い始めておる。

困ったのじゃ、どうしたら……そうじゃ！

今こっそりステータスを変えたら……うむ、いける！　猫の横に付け足したらいいんじゃ！　特別種キラークイーン猫と！

「ちゃんとよく見るのじゃ！　猫だけじゃないであろう？」

「え？　猫だけじゃない？」

「そうじゃ！」

そう言うと小僧がワシのステータスを覗いておる。ふふふっ。

「あっ！　本当だみんなよく見て？　種族のところ、【特別種キラークイーン猫】って書いてあるよ？」

『ええ？　さっきそんなこと書いてなかったぞ？　………本当だ』

『あれ？　猫しか見えなかったんだけどな？　んん？　あれぇ？』

ふふ、スバルと三号め、ビックリしておる。こやつ等は目敏《めざと》いからのう。すぐに細かい所に気づくんじゃよな。

内心冷や汗をかきつつ、小僧の様子を窺うと、呑気な顔をしとった。

「まぁパールは特別なキラークイーンってことでいいんじゃねーか？」

『ティーゴ……いいのか？　確かにステータスはそうだけど、こんな怪《あや》しい猫の話を信じて？』

「俺にテイムされてるからね。何も悪いことは出来ないよ」

『まぁ……それもそうだな。細かいことはいいか！』

三号とスバルも納得してくれたようじゃな。

これで安心かのう？　さすがワシじゃ！

危《あぶ》ない一幕を潜《くぐ》り抜け、ようやくカラアゲのおかわりにありつけたワシは、満足して腹をさすった。

「はぁ……お腹いっぱいなのじゃ……カラアゲ美味かったのじゃ」

「そうか？　良かった。パールが気に入ってくれて」

そう言って小僧は、ワシの頭を優しく撫でる。

「ふ……ふうむ……」

こやつの手は気持ちいいのう……何だかホッとするのじゃ。

「そうだパール……ブラッシングしてやるな」

「ブラッシングとは……？　なんじゃ？」

小僧はワシの美しい毛並みを、ブラシで梳いていく。

「なっ……あわっ……ブラッシング！　ほう、これは気持ちいいのう……」

「ふふっ良かった。パールが喜んでくれて。パール？　これからよろしくな！」

「なっ……！」

なんじゃ⁉　また頭を撫でられたら、胸が苦しい……何でじゃ？　もしやワシは、早くもこの小僧のことが⁉　いやそんなまさか……？

「そう言えば、パールは何でこんな森の奥地に一匹で居たんだ……？」

「えっワッ、ワシ⁉　……ええと？」

「ええと？」

「それは……そのう……アレじゃ？」

「あれ？」

困ったのう、まさかスバル達のことを見に来たとか言える訳ないし。

「ええと……あっ？　そうじゃ！　ワシは森で迷っていたのじゃ！」

『へぇ、森で迷って……？　この森は強い魔獣もいるのに、よくやられなかったね』

三号が少し疑り深く見てくる。まだワシを疑っておるのか？

「魔獣などにワシがやられる訳……ゲフンっ、まっ、まぁ……運が良かったんじゃ！」

これはまずい、話を変えんと！

「お主達こそ、何で森に？」

「俺達はセロデバスコの街に向かってる途中なんだ」

「街道を通らず、わざわざ森を通ってか？」

「森の探索は、色々な薬草や果物が採れるから楽しいんだ！　銀太達が一緒だと魔獣や魔物は現れないから安全だしね」

「なるほどのう……森の探索が楽しいとは……面白い奴じゃのう……」

「ええ？　面白い？　ふふっそうかな。あのさパール、突然テイムしちゃったけど、これから仲良くやっていこうな！　俺はティーゴだ！　好きに呼んでくれ。そして他の仲間達も紹介するよ」

ピンクのふわふわした幼龍が舞い降りてきた。

『ティアよ！　よろしくね？　パール』

「よろしくなのじゃ……」

何と、慈愛の聖龍じゃと！　初めて見たのじゃ……！

『我は銀太だ』

「よろしくなのじゃ」

こやつはフェンリルの……SSSランク⁉　ちょっと待て？　ティーゴという小僧はSランク以上の魔獣ばかり使役《テイム》しておる……！　そんなことが出来るのか？

『俺はスバルだ、よろしくな？』
「よろしくなのじゃ」
ほう……スバルめ、よく見たらちょっと大人になったかのう。
『あっしは一号っす。よろしくっすね』
『二号だ……』
『三号よ！　よろしくね？』
「よろしくなのじゃ」
一号、二号、三号達は変わっておらん。懐かしいのう。
ワシは思わず目を細めて微笑む。
すると、三号が覗き込んできた。
『あら？　パールって瞳が紫なのね！　カスパール様と同じね！』
『本当だ！　主と同じ色だな！』
「えっ……ワシと同じ？」
スバル……まだワシを主と呼んでくれるのか？　何だか嬉しいのう。
『何言ってるのよ！　パールがカスパール様と同じってことよ！』
『本当っすね！　紫の瞳！　懐かしいなぁ……』
ワシを囲んで、聖獣達がワイワイと盛り上がる。

「おお！　早くもパールとみんな、仲良くなったみたいだな。ふふっ良かった」

小僧もこちらを見て、まるで自分のことのように嬉しそうに笑うのだった。

「さて。挨拶も済んだことだし、森を進もうか！」

こうしてワシは、この不思議な小僧と共に、森を探索しながら進むことになったのじゃった。

7　森の探索

『ティーゴ！　何か緑色に光ってる洞穴があるぞ！』

空を飛んでいたスバルが、何やら光る洞穴を見つけたみたいだ。

「緑色に光る……洞穴？」

『行ってみるか？』

光る洞穴か……気になるな。

「よし！　行ってみよう。スバル、案内して！」

『任せとけ！』

『緑色に光る洞穴？　ティアも気になるの！』

俺達はスバルの後を走ってついて行く。

少し走れば、森がやや開けた場所に辿り着く。

「なっ……これは……」

スバルが言った洞穴には……緑色に光る大きな石碑《せきひ》が収められた祠《ほこら》があった！

「これは何だ……⁉」

緑色に光る石碑には何やら文字が書いてある……が、何て書いてあるかさっぱり分からない。見たことのない文字だ。

「ほう……これは古代文字か……」

「えっ！　パッ……パール⁉　この文字が分かるのか？」

「当たり前じゃ！　こんな簡単な古代文字の解読ごとき、ワシには朝飯前じゃ！」

「………」

パールよ……お前、本当にキラークイーンか？

朝飯前なんて喩《たと》え方、今時、爺《じい》さんくらいしかしないぞ。

しかもな？　古代文字は学校の先生でも解読出来ないって……研究中って言ってた。

何で魔獣が読めるんだ！

「ふむ？　どうしたのじゃ？　ティーゴよ」

俺が驚き、一人悶々《もんもん》と考え込んでいるのに、当のパールは飄々《ひょうひょう》としている。

……ったく！　どうしたのじゃ？　じゃないよ！

パールは気になるところが、ツッコミどころが多過ぎる……が、とりあえずは、目の前の古代文字の謎だな。

「……パール、これ読めるんだよな？　何て書いてあるんだ？」

「これはの……《我――此の石碑と対なる呪われし石碑を　聖なる朝日が覆う時　その真を貫け　さすれば　封印《ふういん》されしもの　解き放たれる……》と書いてあるのう」

何だ？　対なる石碑？　同じものが何処かにあるのか？

封印されしものって何だ⁉

『ティアは意味が分からないの！』

『我もじゃ……』

みんな、俺と同じで意味が分からないみたいだな……。

『ちょっと？　パール？　何でこんな難しいことが猫の魔獣に分かるのよ！　あんた本当に猫なの？』

三号が俺が思ってたことを代弁してくれた。本当、それ。

「何を疑って……？　皆はワシのステータスを鑑定で見たじゃろ？　ワシはキラークイーンじゃ！　ちょっと特別な種類のな？」

『……特別……それはそうだけど。でもなんか怪しいのよね』

三号はまだ怪しんでいるようだ。

石碑を見て頭を抱える俺の横で、瞳をキラキラさせ、碑文の謎を楽しんでいるパール。

こんな奴を、どうやったら普通の魔獣って思えるんだ？

俺が知らないだけで、キラークイーンの特別種ってみんな天才なのか？

「ほう……なるほどのう。これは石碑チャレンジか！　久々に見たのう。胸が躍《おど》るのう」

おいおい、石碑チャレンジって何だ。それに胸が躍るって⁉

普通のキラークイーンは、きっとこんな謎解《なぞと》きに興味なんかないと思うぞ？　お前が特別種だからなんだよな？

絶対にお前は……普通じゃないな？

はぁ……俺は一体何をテイムしちゃったんだろう。

パールは俺と三号が怪しんでいることなど気にも留めず、石碑の謎に瞳を輝かせ、尻尾をパタパタと陽気《ようき》に動かしていた。

★　★　★

石碑の謎は気になるところだけど、もう夕方だ。今日はここで飯を食べて寝るとするか。

「夜ご飯はワイバーンのステーキだ！」

——ワァァーー！！！

献立《こんだて》を発表すると、聖獣達は大喜び。

『ワイバーンのステーキ！　あれは美味いからのう……主の特製タレとまた合うのじゃ！』

『普通に食っても美味いワイバーンがティーゴの特製タレをかけたら……ゴクッ』

すると、パールが会話に入ってきた。

「なっ……なんじゃ？　その特製タレとは？」

『あっ？　パールはまだ食べたことないのか！　ティーゴの作ったタレが最高に美味いんだ』

スバルが自分のことのように自慢している。

「ふっふうむ……タレ。ゴクリッ」

特製タレが気になってパールがソワソワしている……その姿がなんだか可愛くて笑ってしまう。

『それはね？　食べたら分かるわよ！』

三号は悪戯っぽく笑った。

俺は用意した鉄板を温め、肉をその上に載せていく。

ジュワ〜……。

肉の焼けるいい音。辺りに美味そうな匂いが漂う。

「ヨシ！　いい感じに焼けたぞ。ほらパール。食べてみて？」

俺の特製タレがかかったステーキをパールに渡す。

ゴクリッ……!! 涎《よだれ》がとまらず、パールは唾を呑み込む。

「何て美味そうな匂いじゃ……！　これは？　タレ？　の匂いか？」

そしてワイバーンステーキにかぶりつく。

「——はうっ……なっ！　何て美味さじゃ……それに何じゃ……!?　この美味いタレは！

ステーキが何枚でも食べられる」

パールは皿に置いたステーキを、一瞬でたいらげてしまった。

「おかわりなのじゃ！」

「パールも気に入ってくれて良かった。さぁ！　ドンドン焼いていくからな？」

『『『はーい♪』』』


ゲフッ！

『はぁもう食べれないな……美味かった』

『やはりワイバーンの肉は美味いのう。それに主のタレが最高なのだ』

『ティアはもっと食べたいのに！　ステーキ三枚しか食べれなかったの！　悔しいの』

みんなお腹いっぱいになったみたいだな。

「よし！　次はブラッシングして寝るとするか……」

『ティアが一番なの！』

ブラシを持ったのに気付いたティアが、膝の上にちょこんと座る。

「はいはい……」

ティア用の小さなブラシで、優しく梳いてやると気持ち良さそうに目を閉じる。

『はぁ……気持ちいいの！』

ティアが終わると、順番にみんなを丁寧にブラッシングしていく。

一通りやり終えたところで、ふと気づいた。

ん……？

パールだけ、順番待ちをせずにこっちをチラチラ見ている。何だ？　パールは素直に言えないのか？

「パール？　ブラッシングしなくていいのか？　おいで？」

「ワッワシは別に……ブフッシングなどは……」

「まぁいいからおいで？」

渋々と寄ってきたパールも、俺は丁寧にブラッシングしてやる。

「はっ……はわ……ブラッシング……ほっほう……中々いい」

くくっ、パールも気に入ったようだな？

ふさふさになった毛を撫でて、俺はブラシをしまった。

「よしっ！　みんな寝るか！」

イルさんから貰った布団がわりのマットを、アイテムボックスから出して広げる。このマットには浄化の魔石が付いており、いつも清潔《せいけつ》な状態で使える優《すぐ》れものだ！

イルさん、いい商品をありがとう。

「こっ……？　このまま寝るのか？」

パールが不思議そうに聞いてくる。

「えっ……？　そうだよ。洞穴だから雨の心配もないし安心して？　それに魔獣や魔物は銀太達を怖がって襲ってこないから！」

「いやっじゃが……野宿とは！　寝る家くらい魔法で一瞬で作るのに……じゃが今のワシは猫……魔法を使うとおかしいしのう……ゴニョ」

パールが何やらブツブツと独《ひと》り言《ごと》を言ってるが、嫌な訳じゃないんだよな？

そんなパールを尻目《しりめ》に、俺の周りには皆が集まって寝床を作っていく。

「パール？　おいで？」

「うむ……大賢者であるワシがこんなマットだけで寝ることになるとはの……むっ？

ふっふうむ？　これは……？　中々……それにワシを撫でるティーゴの手が……む

にゃ……」

パールの奴、ブツブツと独り言を言ってたけどもう眠ったのか？

パールも加わったけど、やっぱりぎゅうぎゅうで寝るんだな。

いいけどな。

8　石碑の謎

モッフ……。

むぎゅっ。

「……んんっ？」

またティアか……っと……？　これはパールの足か？

くそう、俺の顔を蹴りやがって。

「んーっ！」

俺は思いっきり体を伸ばし、起き上がった。

さてと、朝ご飯の準備をしようかな。

「よしっ今日はフルーツサンドにしよう！」

ニューバウンで、生クリームや小麦粉などたくさん仕入れてきたからな！

土魔法で窯を作って……パン生地をコネコネ。生地を寝かせてる間にフルーツの準備。

生クリームも風魔法を使って泡立てて……！

「おっ……一瞬で出来上がった！」

生地もいい具合に発酵《はっこう》してる。

「よし焼くか！」

パンを窯に入れて焼いていく。パンが焼けるのを待っている間に、キラービーの蜜に漬けたイチゴを味見する。

「んっ……美味っ！」

はぁー美味し過ぎる。やっぱりキラービーの蜜は最高だ！

すると、パンの焼ける香ばしい匂いが漂う。

いい匂いだ、もう焼けたかな？　窯からパンを取り出す。

「アヂッ！」

ふーっ気をつけないとな。でも、いい焼き加減！

焼き上がったパンを丁度いい形に切って、生クリームを塗る。その上に蜜漬けしたイチゴとリコリを並べていき……はぁ、これだけでも美味そうだけど。

さらに生クリームをのせ、パンで挟む。

食いしん坊の銀太が起きて来ないいな？

よしっ、先に一口味見。

「!!　……んまっあ！　はぁ……美味しい。幸せだ」

美味さに思わず声が出る。その声で銀太が飛び起きた。

『何！　何が美味いのだっ？』

銀太よ、耳も食いしん坊だな。

「これだよ！　銀太、フルーツサンド！　美味いぞ？」

銀太の前にフルーツサンドを置く。

『ほう……初めて見るのう。どれ？　……!!　うっ美味い！　この白いのとフルーツがいい！　おかわり！』

パタパタッ！

ティアが銀太の声を聞いて飛んできた。コイツ等を食いしん坊コンビと名付けよう。

『わぁ！　綺麗なの！　ティアも食べたいの！』

『ほう？　また……美味そうなの作ってるな！』

スバルも起きて来た。

俺はティアとスバルにもフルーツサンドを渡す。

「はいどうぞ」

『……!!　おっ美味しいの！　イチゴが最高なの！』

『!!　……甘いのに、パンのおかげでアッサリと食べられる！　なんてことだ、美味過ぎる！　これはパンのフルーツ革命だ！』

だからスバルよ？　パンのフルーツ革命って何だ？　それは美味いってことだよな？

そこへ、白い猫が姿を現した。

「ほう……？　美味そうじゃのう」

「あっ！　パールおはよ。はいどうぞ」

パールにフルーツサンドを渡す。

「なっ……何じゃ⁉　この甘味は？　うっ美味いのじゃ！」

パールも気に入ってくれたみたいだな。

『おはよー』

『美味しそうっすねー』

『美味そうだ』

全員起きてきた！　よーしっジャンジャン作るぞーー‼

★　★　★

ティーゴが皿を片付けている間、聖獣達はのんびり過ごす。

そんな中で、パールもまたのんびりと余韻《よいん》に浸《ひた》っていた。

「はぁ、美味かったのじゃ……ワシ……猫の姿でテイムされてしもうて、どうしようかと思ったんじゃけど、もう猫のままでもええかも……」
早くもティーゴのご飯の虜になっているパールこと大賢者カスパールだった。

★　★　★

一晩経っても、石碑は相変わらず緑色に光っている。
朝食後、俺は石碑の謎が少しだけ気になり、みんなに聞いてみた。
「この石碑のさ、謎解きしてみる？」
『我は主に任せる』
『ティアも！　ティーゴと一緒ならそれでいいの』
なるほど聖獣達は興味なしって感じだな。
「おお！　もちろん賛成じゃ！　ワシは謎解きが大好きなのじゃ！」
一方で、パールは紫の瞳をキラキラと輝かせ、石碑を見ている……。
猫の魔獣なんだよな？　パールさん？　謎解きが好きな猫？　ああ、特別種だったか？
そんなキラークイーンいるの？
――この疑問を気にし出したらダメだ！　答えは出ない。
パールは「キラークイーンのような奴」と思うことにしよう。特別種らしいからな。
俺はパールと一緒に石碑を見る。

「パール、どう思う？」

まずは前半の、《我——此の石碑と対なる呪われし石碑を　聖なる朝日が覆う時》。

「これはのう……もう一つ、この石碑と同じ石碑があり、それは呪われているということじゃの。朝日がこの洞穴の石碑に当たる時間に何か起こるのじゃ」

読んでみた通り、ってことか。

「まずはもう一つの呪われた石碑を見つけるしかないのう」

「あっ……！」

ちょうど日の光が洞穴に差し込んで来た！

これは……！　今まで石碑の光を反射して緑色に染まっていた洞穴が、全て金色に変わっていく……！

「なぁパール！　石碑の真ん中だけ緑色に光ってないか？」

「うむ……石碑の後半が《聖なる朝日が覆う時　その真を貫け　さすれば　封印されしもの解き放たれる……》じゃから、その緑の中心を貫いたらいいんじゃ！」

「それって？　もう一つの石碑も同時に？」

「多分そういうことじゃの……」

「じゃあやっぱり、呪われた石碑を見つけないことには進まないな」

これは今日中に見つけないと、明日の朝日に間に合わないぞ……。

さすがにもう一日かけてまで解くような謎じゃない。

「もう一つの石碑の場所のヒントはないのか？」

「ふうむ……？　ヒントは書いてないが、『対』と言うぐらいじゃから、同じように洞穴にあるんじゃないかの。もう一つ分かるのは、それはこの洞穴の南北の何処かにあるということじゃ。距離は分からんがの」

「そうか、日の光が入る同じ方角に、洞穴の入り口が開いてないと、同時に朝日は入らないよな」

「そうじゃ！　余程の例外がない限りはの！　例外の場合は、この森全てが候補《こうほ》になるのう……」

ひぇ……！　森を隈《くま》なく探すのは大変だぞ……南北の直線上にありますように！

「じゃあ二手《ふたて》に分かれて、この洞穴から北と南に行こうか！」

『ティアはティーゴと一緒なの！　絶対よ！』

『ふぬ！　我だって主と一緒が良いのじゃ！』

……とまあ、みんなこの調子で全然グループが決まらないので、結局くじを引いた。

その結果が、これだ。

【北グループ】ティーゴ・銀太・ティア・二号

【南グループ】スバル・一号・三号・パール

「じゃあ連絡手段は、スバルが前に使ってたオリジナル魔法《以心伝心《いしんでんしん》》で。連絡役は北グループが二号で、南グループはスバルにしよう。何かあれば逐一《ちくいち》連絡し合おうな！」

こうして洞穴探索が始まった！　何かワクワクするな。

★北グループSide★

北グループの俺達は、出発点の洞穴から三十分くらい北に向かって歩いているが、今のところ何も収穫がない……。

『上から見たけど、何も目立つような洞穴はないの！』

ティアが空を飛んで見てくれている。

「ティア、ありがとうな！」

結構ウロウロと見て回ったんだけどなぁ……手掛かりは何もない。

『む？　あれはトウカだのう！　あの実は美味いのだ！　しかもレアじゃ！』

銀太が美味い果実を見つけたと喜んでいる。

「トウカ？」

初めて聞く名前だな……そんなに美味いのか？

銀太が指す方を見ると、巨大な木から無数に、クルクルと丸まった蔦《つた》のような物が垂れ下がっている。その先に赤く輝く四角い実が付いていた。

神眼で見てみると、こう表示された。


【トウカ】

ランク　A
一辺十五センチ前後の立方体の実。

食べると魔力数値が30%増え（一時的）、ハイポーションと同じ程度に回復する。

はじめは緑色をしているが、熟すと色が変化する。成熟後の色は三種類あり、黄色、オレンジ、赤の順でレア度が上がる。赤いトウカは特に珍しく美味。

赤いトウカは、緑色から赤に変わると食べ頃。しかし一週間すると実が落ちてしまい、黒く変色し食べられなくなる。


わっ！　神眼のおかげで細かい情報が！

赤いうちが美味しいってことは、今が食べ頃じゃんか！

「やったー！　あんなに実が生《な》っている！　沢山採ろうぜ！」

嬉しくて俺はトウカの木に走っていく。

『主！　我を置いて行くな！』
『トウカ！　どんな味がするのかなぁ……？　早く食べたいの！』
『ふふっ赤いトウカを食べるのは久しぶりだな！』
二号は食べたことがあるみたいだな。
俺達は必死にトウカの実を千切《ちぎ》っていく。
「半分くらい採ったか？　大きな木だから半分でも二百くらいあるな……？」
甘くていい香りが漂う……。
「スバル達が後で食べられるようにとっておいて……俺達は先に食べるか！」
『ティアは賛成なの！』
『我もじゃ！』
『俺も！』
みんなで一斉にトウカの実にかぶりつく！
ジュル……果汁が溢れる！
「ゴクッ……ジュウシイーで、うんまー！　何この美味さ！」
『こんなに美味いトウカは中々ないのだ！　主、ラッキーだの！』
『はぁ……口の中でとろけるの！　ティアは幸せなの！』
『美味い！　今まで食べたトウカの中で一番美味い！』

俺はトウカの木を見上げる。

「こんなに美味しいのが誰にも食べられずに、よく沢山生ってたな。魔獣達に食べられそうなもんだけど」

『ふむ？　それはここを彼奴等が守っていたから、魔獣達は近寄れなかったんじゃないかの？』

「あやつら？」

『ほれ！　あそこの遠くに居るであろ？　ジャイアントラビットが！』

ジャイアントラビットだって？　Aランク魔獣じゃないか！

慌てて銀太の言う方角を見る。

『本当ね！　すごく遠くに耳が長い魔獣がいるの！』

「本当だ……ジャイアントラビットが震えながらこっちを見てる……」

遠くに居るせいか、普通に可愛い魔獣にしか見えない。実際には、体長三メートルくらいある大きく凶悪《きょうあく》な魔獣なのだが……。

何か悪いことしたな。横取りしたみたいになってしまった。

あとの半分は採らずに置いておこう。

それにしても、こんなに美味いトウカでパイを作ったら美味いだろうなぁ。

ゴクリッ……想像するだけで唾が溜まる。

朝がスイーツだったから、昼は肉にしようと肉サンドを作ってアイテムボックスに入れてあるんだが。この美味いトウカでキラービーの蜜を使ってパイを作ったら……！

ああっ！　唾が止まらない。

ダメだっ……！　誘惑に勝てない……！

「なぁ？　このトウカでパイを焼こうか！」

『パイ⁉　主のパイ！　絶対に美味いからのう……』

『トウカのパイ！　はぁ……俺は最高に幸せだ！』

ふふっ……やっぱりみんなも食べたいんだな。よし作るか！

土魔法で定番の窯を作って、トウカはキラービーの蜜に少しの間、漬けておく。生地は作り置きがあるから、形を整えて蜜漬けトウカを上にのせてっと。仕上げは窯で焼いていく。

ソワソワ……早く焼けないかなと、窯の周りをウロウロとしてしまう。

そのうちに、甘くて香ばしい、美味そうな匂いがしてきた……！

聖獣達による『食べたい』の大合唱を聞きながら、俺は窯を開けてパイを取り出した。

「よーしっ……！　焼けたぞ！　完成だ」

そして、みんなで一斉にパイを頬張る！

サクッ！

「……美味しっ！」

『美味いのだ！　我はこのパイが気に入ったのじゃ！』

銀太は尻尾を振って嬉しそうだ。

『はぁ……ティアは幸せなの……』

『美味しい！』

ティアと二号も喜んでいる。

ふと、視界の隅《すみ》に動くものがあった。

ん？　匂いに釣られて、ジャイアントラビットが近くまで来ている……!?　しかもソワソワしながら。

ブフォッ!!　と思わず噴き出した。あの行動、何か前に会ったアウルベアを思い出すな！

銀太達が怖いはずなのに……食い意地には勝てないんだよな。

ふふっ……可愛いな。俺はジャイアントラビットに近づいて、トウカパイを分けてやる。

ぴこぴこ♪

ぴこぴこ♪

長い耳を動かしながら、トウカパイを嬉しそうに、そして順番に並んで貰って行くジャイアントラビット達。

ちゃんと並んでる……！　そんなところもアウルベアと一緒！　何コイツ等……可愛過ぎる！

『主……こやつ等にもパイを分けるのか？』

銀太は、俺がジャイアントラビットにもパイをあげることを不思議がっている。

「ジャイアントラビットが守ってくれてたから、こんなに沢山の美味いトウカが入手出来たんだ！　お礼だよ！」

『なるほどのう……お礼か』

ん……？　耳をぴこぴこしながら、一番大きなジャイアントラビットが再び近寄ってきた……？

何だ？

『主～ついて来いって』

「ついて来い？」

言われるがままに、俺達はジャイアントラビットの後をついて行くことに。

五分ほど歩くと、ジャイアントラビットが止まった。

『主～ここにいい物が埋まってるらしいのだ』

銀太が、ジャイアントラビットの言いたいことを代わりに教えてくれる。

埋まっている？　この蔓《つる》がある所を掘ればいいのか？

俺は土魔法で教えられた場所を掘る。そして、あるものを掘り当てた。

「こっこれは！　高級食材の自然薯《じねんじょ》！」

よく見ると、あちこちに自然薯の蔓が伸びている。

「凄いよ！　この場所！　ありがとうジャイアントラビット！」

ジャイアントラビットは、耳をぴこぴこしながら去って行った。

よし！　土魔法で掘りまくるぞ！

『主～？　これは美味いのか？』

「最高に美味いよ！」

『なんと！　いっぱい採るのだ！』

土魔法を使って掘りまくるぞー！

と思った瞬間――

「……え？　……!!」

土魔法で掘ったら、急に大きな穴に繋がり……俺は転がるようにその穴に落ちていく……！

「わっ！　ちょ!?」

『主!?』

『ティーゴ⁉』

★南グループSide★

ティーゴ達が散策《さんさく》している頃、スバル、一号、三号、そしてパール達も周りを探索しながら三十分程南に歩いていた。

スバルは空を飛んで探索するも……。

『なーんもないなぁ……こっちの方角じゃねぇのかもな』

地面では、パールがしきりに首を傾げていた。

「ワシ、なんかこの森知っとるような……」

『何言ってんの？　パールはこの森に居たんだから、そりゃ知ってるでしょうに』

三号が少しバカにしたようにパールを見る。

「いやっ……そうではなくてじゃの？」

(この森以前に来たような気がするんじゃよなぁ……？　気のせいか？)

パールははっきりと思い出せない。

『ねぇスバルー！　何も手掛かり見つからないの～？』

下から三号が声をかける。

『ああ！　上から見たけど何も見えなかったぜっ？　……わぁっ⁉』

突風に煽《あお》られて、スバルの体は舞い上がり、飛ばされる！

『おい！　スバルッ、大丈夫っすか？』

『あっちに飛ばされたわ！　行くわよ！』

一号、三号、パールが駆《か》け出して、飛ばされたスバルを下から追尾する。

上空まで飛ばされたスバルは、今度は勢い良く下に落ちてくる。

『このままじゃ……地面に思いっきりぶつかる……風魔法で！　止めてやる！』

スバルは咄嗟《とっさ》に自分を風の膜《まく》で覆う。すると落下の勢いがピタッと収まった。

『ふう……ビックリしたぜ……っ』

ファサ……スバルはゆっくりと下に降りていき、無事に着地した。

『あっ！　三号達がこっちに走って来た！　おーい、ここだ！』

スバルの目の前まで走って来た三号は、しかしキョロキョロとしている。まるでスバルの姿が見えていないようだ。

『なっ？　俺、目の前に居るじゃねーか！』

スバルが三号の方に飛んだその時!!

ガン!!

スバルは見えない壁にぶち当たる。

『はっ？　何だ見えない壁……か？　神眼で見るか』

スバルは神眼を発動した。

『なっ何だこれ……!! 何重にも隠蔽魔法と結界がかけてある……何のために？』

スバルが周りをぐるっと見回すと、後ろに小さな家が建っていた。

『家だ……!? この家を隠すために、こんなに何重もの隠蔽魔法に結界を張ったのか……？ この家、めちゃくそ怪しいじゃねーか！ 一体この家に何があるんだ？ 中を見てみたいが……先にこの隠蔽魔法と結界を解くか』

魔法で何度か攻撃するが、結界の数が多く、破り切れない。

『まだ結界が解けない……』

執拗《しつよう》に攻撃を繰り返すうちに、残り数枚にまで迫る。

『クソったれ！』

渾身《こんしん》の一撃で最後の一枚を破ることに成功した！

これだけでは、まだ三号達にはスバルの姿は見えない。

『やっと結界が解けた！ 後は隠蔽だな！』

隠蔽魔法も魔法の力で上書《うわが》きし、解除《かいじょ》する。

『よし！ 隠蔽も解けた！』

これでようやく、スバルと三号達の間の障害はなくなった。

急に目の前にスバルと家が現れたため、三号は目をまん丸にしビックリしている。

『なっ……何？　大きな音がしたと思ったら、家とスバルが急に現れた！』

一号とパールも異変に気付き、急いで走ってくる。

『森の中に家が……⁉』

「これ⁉　ワシのいっ……」

『パール？　ワシのい？　って何よ？』

三号に突っ込まれるパール。

「ふむ？　気のせいじゃった！」

そうしらを切ったが、内心ではとても驚いていた。

（ちょっと待ってくれ！　どうりで、ワシ、この森に来たことがあるはずじゃ！　この家はワシの秘密の隠れ家の一つじゃ！　見つからないようにと隠蔽魔法と結界をかけ過ぎて、自分でも場所が何処か分からなくなっておったんじゃ！　そうか、こんな所にあったのか）

『この怪しい家に入ってみる？』

「怪しくなさそうじゃよ？　入ってみるかのう！」

（あの家には何が置いてあったかのう？　昔過ぎて忘れてしもうた）

パールは尻尾をフリフリ、楽しそうに家に向かう。

三号達はきょとんとしながらその背中を見ていた。

『パール……何か楽しそうね？』

『俺達も行くか！』

そこは、二十坪《つぼ》程のこぢんまりした木造の家。

先に到着したパールは入り口の前に座り、小声で囁いた。

「オープン」

（入り口もワシ以外入れんようにしていたからのう……魔法を解除しないと）

三号が後ろからパールを抱き上げる。

『ねぇ？　今何かした？』

三号はパールの秘密を暴くことを諦めておらず、絶対に何かを隠していると確信していた。

「わっ、ワシ？　何もしとらんよ！　この姿じゃと入り口のドアが開けられんのう……っと思うとっただけじゃ！」

『この姿？　ってことは別の姿があるの？』

「んっ？　あっ⁉　言い間違いじゃ！　早く中に入ろうぞ！」

（三号は鋭《するど》いからのう……言葉には気を付けんと……！）

パールの言い訳を聞きながら、三号は頷いた。

『……そうね。中に入りましょ』

『なぁなぁ？　この家には絶対にお宝があるはずだぜ？　何てったたって、厳重《げんじゅう》に何重もの結界と隠蔽の魔法がかけてあったからな！』

パールと三号の水面下の攻防を知らないスバルが、宝があると言い始めた。一号も『お宝！』とノリノリである。

『なるほどね……だから急に現れたのね』

三号が先頭になって、ドアを開ける。

入ってすぐに居間に繋がっており、パールは三号の腕から降りて、勢い良く室内を駆け回る。

「おお！　魔導書がこんなに沢山！」

（そうか……！　ワシ、この家で魔法の勉強をしとったのじゃな！　これは⁉　古代魔法の魔導書！　懐かしいのう……）

『ちょっと……パール？　何で猫がそんな難しい魔導書を見て嬉しそうなのよ？』

嬉しそうに魔導書を見ているパールが気になる三号。

「いやっ……そのう……この絵！　絵が綺麗じゃのう……っと思うて見ておったのじゃ！」

『絵って……この魔法陣が……？』

「そうじゃが………？」

（ふぬ！　三号が怪しんどる！　何か上手い返事をせんと……ああっ何も浮かばんの

じゃ！）
その時、ガタタッ‼　と音がした。
『おい！　お宝見つけたぞ！　みんなこっち来て見てくれよ……これ』
スバルが何かを見つけたらしく騒ぎ出した。
「おおっ！　何じゃ！　見せてくれ！」
パールはそれに便乗《びんじょう》して窮地《きゅうち》を脱する。
（スバルよ……グッジョブなのじゃ！　ナイスタイミングじゃ）
全員が集まったところで、スバルがニヤリと一つの袋を取り出した。
『驚くなよ？』
ジャララッ……‼
袋を逆《さか》さにすると、美しい硬貨が机の上に大量に出てきた。
『白金貨じゃない！』
『何枚あるんだ？』
『ほう……』
（そう言えばそんなのも置いてあったかのう……忘れとった）
数えた結果、スバルが見つけた袋には、何と白金貨が百枚も入っていた。
『凄いじゃない！　ティーゴが絶対喜ぶわよ！　やったわね！』

『へへンッ！』

『まだこの家にはお宝があるかもね！』

『そうだな！　念入りに探すか！』

三号達も家でのお宝探しが楽しくなってきたらしい。どうやらお宝を見つけてティーゴに褒めてもらいたいようだ。

「お主等、まだ……この家を探索するのか？」

パールが聞いても、三号達の耳には届かない。今は宝探しに夢中なのだ。

（ワシ……自分の家じゃけど……何を置いたか記憶にないんじゃよな……。変な物が出てこないと良いんじゃが……何か不安になってきた）

『あら？　これは何かしら……』

三号が木で出来た小箱を見つけてきた。

小箱を振ってみると、カシャカシャ……と何かが箱にぶつかる音がする。

『何か入ってるわ！』

三号が思い切って小箱を壊すと、中から不思議な魔道具が出てきた！

『何の魔道具かしら？』

三号は気になり、魔道具に魔力を通す……すると。

パァァァァァー……！

魔道具から映像が映し出される。

『えー……ゴホンッ！　元気にしとるかの？　ワシじゃ！　カスパールじゃ。スバル……一号、二号、三号、お前達がこの映像を見とると言うことは、ワシは死んだんじゃの……可愛いワシの孫達を残して死ぬことはワシは……本当に嫌じゃった。お前達の幸せを最後まで見届けることが出来んのが辛かった……お前達より先に死んでしもうて、すまぬのう』

『カッ、カスパール様⁉』

魔道具からカスパールの姿が映し出される。

スバルも宝探しの手を止めて、食い入るように見ていた。

『主……』

『これは……！　この前に家で見たのと違う映像ね……ふふっ……カスパール様ったら……ウッ……グス……あの映像は何回も録り直してたのね……うっうう……』

『主……また会いたいよ！　スバルって呼んでくれよ！』

『カスパール様……！』

スバルと一号と三号は、また新しい映像のカスパールに会えたことが嬉しくて泣いている……みんなカスパールのことが大好きだから。

みんな……いやただ一人、パールを除いて。

パールは恥ずかしさのあまり、この場から逃げ出したくなっていた。

（ワシ……録画に失敗した魔道具をここに隠しておったのじゃ！　忘れておった！　はぁ……やめてくれ！　ワシの失敗を！　これ以上ワシの失敗の映像を流さんでくれ！）

パールの思惑とは裏腹《うらはら》に、カスパール上映会は延々《えんえん》と続くのだった。

かつて大賢者と謳《うた》われた偉大《いだい》な魔法使いは、こう思った。

（ワシ……恥ずかしくて死ねるの意味が分かった気がする……）

上映会がようやく終了する頃、パールは憔悴《しょうすい》し切っていた。

それに対して、スバル達はすっきりした顔をしている。

『なぁ……いっぱい泣いたら腹が減ったな。飯にしないか？』

『ふふっそうね……ご飯にする？　ティーゴからお昼ご飯用に、肉サンドをいっぱい渡してもらってるし。食べよっか！』

三号がアイテムボックスから机に、肉サンドをドンドン出していく。

「なんじゃ……!?　この美味そうな匂いは……」

疲弊《ひへい》していたパールは、たまらずにかぶりつく。

「んっま！　美味いのじゃ！　サッパリしたタレに肉と野菜が絡んで、何個でも食べられるのじゃ！　ハムッ……パンもしっとりふわふわで美味い！　止まらんのじゃ！　はぁあ……ワシ幸せじゃあ……」

『パール、美味そうに食べるな！　負けねーぞ？　俺もいっぱい食うぞー！』

まさか自分達の主が肉サンドの虜になっているとは露知らず、彼等は張り合うように食べ続けるのだった。

★北グループSide★

ケホッケホッ……ッ！

はぁ……泥《どろ》まみれになっちゃったよ……。

「いてて……急にこんな大きな穴に落ちるなんて……」

周りを見渡す。俺が落ちた穴は深さ十メートル以上はある！　大分下まで落ちたんだな。

地下にこんなに広い空間があるなんて……。

『ティーゴ大丈夫？　ティアは心配なの！』

ティアが、俺が落ちた穴に飛び込んできた。

「ティア！　泥が付いただけで大丈夫だよ」

『良かったぁ……』

『主～！』

『ティーゴ大丈夫か？』

銀太と二号の心配する声が……上から聞こえる。

「大丈夫だー！　ちょっと土で汚れただけだ」

『良かった。今からそっちに下りていく！　待っていてくれ！』

『すぐに下りられるのだ！』

タタッ……タンッ……タンッ！

二号と銀太が走り下りてきた。途端にスペースが狭《せま》くなる。

「銀太！　お前は体が大きいから、あんまり端に行くと泥で汚れるぞ！」

『大丈夫なのだ！』

言ってるそばから……銀太の体が地下の壁に接触《せっしょく》する。

「銀太！　ほら言わんこっちゃない……綺麗な毛並みに土がいっぱいついちゃったぞ！」

『主こそ土で汚れておる！　浄化するのだ！』

銀太の浄化魔法で汚れていた体が綺麗になる。

ん……？　あれ？　浄化魔法のせいか、銀太が触れた壁……土が剥《は》がれて石が見えている。

「これは……!?」

不思議に思い手で壁を擦る……！

「やっぱり！　石壁が出てきた！」

この穴は一体……⁉

「銀太！　この穴の中って綺麗に出来るか？　壁に付着した土をなくしたり……」

『壁に？　とはどういうことなのだ？』

俺は壁の土を取って、石壁を銀太に見せた。

『ほう……この場所は自然に出来た穴ではないのか？　土魔法と聖魔法で綺麗にするかの』

銀太がそう言うと……目が開けられないほどの光が放たれ、光が落ち着いた時には土はなくなり、俺達は石の壁に囲まれた空間の中にいた。

ここは洞穴だったのか……横幅《よこはば》は五十メートルはある。その全貌《ぜんぼう》がだんだん見えてきた。

『ティーゴ！　こっちに来て欲しいの！』

ティアが何かを見つけたらしく俺達を呼ぶ。

「何があるんだ？　これは……石碑？」

昨日見つけたものと同じような祠があり、その中にはやはり石碑が収められている。しかし、違うところもあった。

『石が真っ黒じゃが……』

確かパールは、もう一つの石碑は呪われているって言ってたな……。

「なぁ銀太、浄化魔法で呪いは解けるのか？」

『呪いかの……上位の聖魔法を使えば余裕だの！』

「銀太は使えるのか？」

『当たり前じゃ！　余裕だの』

《セイクリッドキュア》

銀太が唱えた瞬間、またも眩い光が俺達を包む。目を開けていられない。

しばらくして、辺りが暗くなったのが瞼越しに分かった。

「やっと光が収まった？」

目を開けると、真っ黒だった石碑は赤く光り輝いていた。

これ、絶対パールの言ってた対なる石碑だ！

「銀太！　これは対なる石碑だよな⁉」

『うむ！　我もそう思う……』

『でもこの石碑は緑じゃなくて赤く光ってるが……それは関係ないのか？』

確かに、二号の言う通りだ。俺の早とちりかもしれない。でも俺達は、この石碑に書いてある文字も読めないしな……。

これはパールに相談……って⁉

何考えてんの、俺は。猫に相談とか‼　いくらパールが賢いからって！

とりあえず、南を探しているみんなを呼んで、この石碑を見てもらおう。

「二号！　スバル達に、ここに転移してって連絡してもらえるか？」

『分かった！』

二号がオリジナル魔法を使って連絡する。

《以心伝心》

黙《だま》り込んで、頭の中で通信すること数十秒。

会話を終えたらしい二号が言った。

『ティーゴ！　ちょっとスバル達を迎えに行って来る！　向こうに転移が使える奴が居ないの、忘れてた！』

言われてみると、確かに転移の時はいつも二号が居た。ケルベロスの三人はほとんど固まって過ごしているから、誰がどの魔法を使えるのか、深く考えたことがなかったな。覚えておかないと。

「スバル達の場所、分かるの？」

『この、高貴なるオソロに魔力を通したら、みんなの居場所が分かる！　行ってくる！』

二号はブレスレットに力を込めると、シュンッ！　と姿を消した。

あのブレスレット、カスパール様がくれたっていうやつだよな。俺と銀太の持ってる高貴なるオソロは、お互いが魔力を通さないと反応しないのに！　いいな。

スバル達のオソロはパワーアップバージョンみたいだ。

今デボラさんに作ってもらってるアイテムは、このタイプにしてもらいたいな。

そうして待っている間に、みんなが転移して来た。

「スバル！　一号！　三号！　パール！」

早速パールが、石碑に向かって走っていく。

パールは本当に、謎とかを調べるのが好きなんだな。

「ティーゴよ！　この石碑に書かれていることは、緑色に光る石碑とほとんど同じじゃ！」

「そうか！　じゃあこれが対なる石碑で間違いないんだな！」

『やったのだ！　主、良かったのだ！』

そうなると、碑文の最後が気になってくる。《その真を貫け　さすれば　封印されしもの　解き放たれる》か……。

「でも貫くって、何を使って貫くんだろう……？」

「まぁ……魔法じゃろうな！」

「何魔法？」

「……そうじゃのう、明日の朝、色々と試してみるか！」

「分かった！　じゃあもう遅いし、今日はここでご飯を食べて寝るとするか！」

★　★　★

翌朝のこと。

モッフ……ファサッ！

「……んっ⁉」

俺はまた顔に何かを感じて目を覚ました。

今日はティアとスバルか……毎回毎回！　みんな、わざと俺の顔狙ってないか？

ティアとスバルをマットに置いて、俺は朝ご飯の準備をすることにした。

今日は贅沢にワイバーンを使って肉バーグを作り、それをパンに挟んで食べようと思っている。

肉バーグは、安い肉にオーク肉を混ぜて作るのが普通なんだが……ワイバーンの肉がこんなにあるんだ。憧れていた豪華肉バーグを作りたい。

パンは作り置きがあるので、メインの肉バーグの準備だ。

まずはワイバーンの肉を風魔法で細かくミンチにしていく。おお……！　あっという間だ！

「風魔法、便利だな」

あれ？　そういや俺って、魔法を料理にしか使ってないような気が……。まっ……いっか！

ミンチにした高級肉に、軽く調味料で味付けし、卵を入れて混ぜる。今日の肉は美味いから、そんなに濃《こ》く味付けする必要はない。

後は丸く形を整えて、フライパンで両面を強火で焼いたら、次は窯に入れてじっくりと低温で焼いていく。

今日は窯をいっぱい作ったから、その分肉バーグも多く作れるな。作り置きも出来たらいいんだけど……あいつ等、よく食べるからなぁ。

ああ……！　肉の焼けるいい匂いが洞穴に広がっていく。

「よし！　焼けたな！」

パンに葉野菜とハンバーグをのせて、特製ソースを塗り、もう一方からパンで挟む。

「出来た！　名付けて豪華肉バーグサンド！」

はぁ美味そうだ……味見してみようかな……？

「うっ……美味い……口の中に肉汁が溢れてくる」

はぁ……美味過ぎて一気に食べてしまった。

すると、いつものように銀太が一番乗りで起きてきた。

『主～！　いい匂いがするのだ！　何じゃ？　この美味そうなのは？』

「ふふふっこれはな！　リイバーンの肉で作った豪華肉バーグサンドだ！」

『豪華肉バーグサンド……何て美味そうな名前なのだ！　我も食べたいのだ！　早う！早う!!』

「分かった！　分かったよ銀太！」

　銀太に豪華肉バーグを食べさせてやる。

『美味っ……口の中で肉汁の美味さが……パンとも合う！　豪華肉バーグ！　我は気に入ったのだ！』

　パタパタパタパタッ！　と小さな翼が羽ばたく音がする。

『何？　気になる美味しそうな匂いが……！』

「今！　豪華肉バーグサンドと聞こえたんじゃが！」

　ティアとパールが起きてきた。パールって意外と食いしん坊だよな。

　二人にも豪華肉バーグサンドを渡す。

『あわっ……なんて美味しいの！　はぁ……ティアは幸せなの！』

「モグッ……豪華肉バーグサンド……！　何じゃ⁉　ワシこんな料理知らん……美味いのじゃ！　ワイバーンの肉にはこんな食べ方もあったのか！　これは……ワイバーンの進化じゃ！」

　プファッ！　と俺は噴き出す。

　ワイバーンの進化って何だ。それは普通に料理された肉だ！

　パールって、ちょっとスバルに似てるところがあるな。

　ちなみに、次に起きてきた当のスバルの感想はこうだった。

『なっ……何て美味さだ！　肉汁が口の中で暴れてやがる……これは……ワイバーンの反乱だ！　くそう……美味さで攻撃してくるとは……』

ブフォッ！　これにも俺は噴き出した。

ワイバーンの反乱って何だよ。それは細かくミンチにされた肉だ。

最近気付いたんだが、一号、二号、三号はお寝坊さんで、意外とゆっくり寝てるんだよな。

聖獣達にも色々な個性がある。本当に人と同じだな。いや……人より個性が強いかも……クスッ！

『ふぁ……おはよー♪』

『美味そうな匂いっすねー』

『美味そうだ……』

おっ？　やっとみんな起きてきたな……さぁ！　忙しくなるぞ！

★　★　★

「はぁ……美味かったのじゃ……豪華肉バーグ……最高じゃ！」

たっぷりと豪華肉バーグサンドを堪能したワシは、ゴロゴロとしていた。猫の人生も悪くない。

隣では、食べ終わった銀太がティーゴにおねだりする。

『主〜豪華肉バーグサンドを、我は気に入ったのじゃ！　また作って欲しいのだ！』

「了解！　また作るよ」

そんな二人の仲睦《なかむつ》まじい主従関係を見ていて、ふと思い出したことがある。

そういや……ワシ……魔王城に帰ってないの。魔族共、急にワシが居らんようになって、探しておるかも……こやつ等と居るのが楽しくて忘れておった……。

★　★　★

なんかパールが遠くを見ているな。やっぱり猫らしからぬ、変なやつだ。

さて、ご飯も食べたし、石碑の謎解きの準備だ！

「じゃあ緑色の石碑の方にはスバルとパールと、二号と三号が行ってくれるんだな？」

昨日みたいなことがないように、転移要員として二号を連れて行ってもらう。その代わりとして、俺達の側には一号を残してもらった。

『任せとけよ！　バッチリだ！　みんな行くぜっ！』

そう言って、スバル達は転移した。

この洞穴にも、そしてもう一つの洞穴にも、もうすぐ朝日が入ってくる。

「はぁ……何か緊張するなぁ」

『主？　何をそんなにソワソワして……大丈夫じゃ！』

そうなんだけど……緊張してきた。

『みんなとの連絡はあっしに任せてくれっす！　オリジナル魔法《以心伝心》の出番っす』

一号が頼もしいことを言う。《以心伝心》は三人とも使えるみたいなんだよな。これも覚えておこう。

そうして待っているうちに、洞穴の中が明るくなってきた。二つの石碑が朝日に覆われた時、俺達はその中心を何らかの魔法で、同時に貫かなければならない。

あっ！　朝日が入って来た！

一号がスバルからの通信をキャッチして、それを俺達に教えてくれる。

『向こうで雷魔法を使うって！　雷はあっしに任せて！　せーのっ！』

バリバリバリバリバリバリバリバリバリバリッ！

一号の雷魔法が石碑中央に打ち込まれる。

何も起こらない……雷魔法じゃなかった？

『次は水魔法っすよー！』

『我に任せるのだ！』

『せーのっ！』

一号の掛け声に合わせて、銀太が水魔法を勢い良く放つ。向こうのメンバーと同時に魔法を撃たなければならないので、一号の役割は重要だ。

水魔法は見事に中心を捉《とら》えたが、石碑はシンとしたままだ。

これも……違う？

洞穴の入り口をみると、朝日が……大分上に！　もうあまり時間がない。

『聖魔法っす！　これが最後っす！』

『分かったのだ！　我に任せろ』

『せーのっ！』

銀太が低く呟いた。

《ホーリーランス》

光の槍が石碑に刺さる。

途端に——パァァァァァー！

眩い光が洞穴内に広がっていく。

「うわっ⁉　何だ？　眩しくて目が開けられない！」

『ふぬっ眩しいのじゃ！』

ゴゴゴゴゴゴゴゴゴゴゴゴゴゴゴゴゴゴ……。

何の音だ？　大きな何かが激《はげ》しく動く音がする。

『ティーゴ！　ティアはちょっと怖いの！』
ティアが頭に引っ付いてきた。
音が収まるのと同時に、光が落ち着いた。
目を開けると……目の前には石碑の代わりに扉が現れていた。
こんな扉、さっきまでなかったよな？
『主！　中に入ってみるのだ！』
「えっ……扉の中に？　入ってみる？　大丈夫だよな……」
銀太が急《せ》かしてくるが、俺は不安があった。
『大丈夫であろ！』
銀太を信じて、恐る恐る扉を開けると……中には世界が広がっていた。
そう、世界としか言いようがない。草原が広がり、青い空には白い雲が流れていて……
眩しい太陽が俺達を照らしている。
「何じゃ⁉……これは」
えっ？　パールの声がする。
ふと横を見ると、俺達と同じようにポカンと口を開けたパール達が居た……！
何で同じ空間に居るんだ？　パール達は別の洞穴に居たはずだ。
それにこの広い世界は何だ？

祠に現れた扉を開けたはずなのに、目の前の景色は大自然そのものだ。全くもって意味が分からない。

『なぁティーゴ！　お前等も祠に現れた扉を開けて、中に入ったんだよな？』

スバルが聞いてくる。

「そうだよ！　扉を開けたらこの場所に居たんだ……」

『俺達も同じだよ！　何なんだ、ここは』

困惑していると、銀太が声を上げた。

『主！　宝箱があるのだ！』

「宝箱だって？」

少し離れた所に、宝箱らしき物体が鎮座《ちんざ》している。

何もないこの場所にポツンとある宝箱……はっきり言って異様でしかない。

どうする？

「開けてみるか……？」

「何をモタモタしとるのじゃ！」

パールが勢い良く宝箱を開けた。

「何が入ってた？」

「紙と鍵じゃ……」

「紙と鍵⁉」

紙には古代文字で何か書かれていた。

「なぁ……パール？　何て書いてあるんだ？」

パールがゴホンッと咳払《せきばら》いをして、厳《おごそ》かに読み上げる。

『【対なる石碑の謎を解きし者よ。褒美《ほうび》に、この異空間の世界に自由に入れる鍵を授けよう……二つの離れた石碑が合わさった時、真の姿が現れる。それがこの異空間である。其方達の住んでいる世界とは少し別の場所。この異空間を好きに使うがよい】……って書いてあるのじゃ！　凄いのう……異空間を手に入れたのか！」

「何それ？　壮大《そうだい》過ぎる！　俺の手に負えないよ！」

こんなだだっ広い場所が俺達のものに？　こんな広い空間、どーやって使うんだよ！

「まぁ……この場所の使い道は追々考えたら良いじゃろ？　そんなに考え込むでない！」

パールは肝《きも》が据《す》わってるな。そうだよな、考え過ぎだよな！

また使い道が決まったら使うとしよう。

「パール、ありがとうな！」

とりあえず元の場所に帰るか……！

入ってきた扉を開けようと、後ろを振り返ると……？

「なっ……！　扉が何処にもない！」

おいおい、どうやって元の世界に帰るんだ⁉
『扉が消えてる！』
『本当なの！』
『本当っすねー！』
『何処にもないわ！』
聖獣達も周りを見渡し扉を探すが、やはりない……。
しかし、パールはやはり落ち着いており、俺達を一喝《いっかつ》した。
「慌てるでない！　多分……？　その鍵を使うんじゃよ」
パールが鍵を使えと言うが……鍵を？　扉もないのに？
俺は宝箱から鍵を取り出す。
その瞬間、妙な声が聞こえた。

《異空間マスター確認》
《マスター・ティーゴ》

何だ！　マスター？　俺が⁉
慌てて他のみんなを見たが、特に何の反応も示していない。俺にしか聞こえなかったのか？

「どうしたのじゃ？」

「鍵を握ったら【異空間マスター確認】【マスター・ティーゴ】って声が頭の中に……」

「ほう……？　やはりのう……その鍵でここから出るんじゃの。ティーゴがこの異空間のマスターに選ばれたんじゃから。ティーゴがその鍵を使えば、ここから出られるはずじゃ！」

「ええっ……そんな!?」

鍵を使うったって、扉なんか何処にもないじゃないか！　どーやって使えって言うんだよ？

まさか……？　何もない所にこの鍵を差すとか？　半信半疑《はんしんはんぎ》で、俺は空間に鍵を差してみる。

ガチャ……！

なんと、鍵の開いた音がした。

すると急に扉が現れた！

「何これ！　扉が！」

『やったな！　扉だ！』

『さすがティーゴなの！』

「よし……中に入ってみるか」

おおー!!

扉から出ると、俺が元居た洞穴に戻った。

「戻れた……良かった」

『良かったの！　戻れたの！　ティアはドキドキしたのっ！』

『元の世界に戻った！　良かったぜ！　やったなティーゴの旦那！　異空間マスターだぜ？　何かカッコいいよな！』

いつでもマスターの座は譲《ゆず》るぜ？　スバル。

元居た場所にあった、俺達が見つけた祠も石碑もなくなり、そこは普通の洞穴になっていた。

とりあえず……帰れて本当に良かった。

異空間、何に使おうかな？

閑話――魔族四天王会議

所変わって、ここは魔王城。

今や三人となった四天王が、重苦しい雰囲気で一室に集まっていた。

四天王の一人、メフィストが問う。

『おい！　ベルゼブブよ！　本当に魔王様は人族に何もするなと言ったのか？』

ベルゼブブは答える。

『本当だ！　手を出したら灰にするとも言っていた！』

残る四天王の一人、ベリアルも問う。

『ほう……ならどうして魔王様は消えたのだ！　我らに失望したとしか考えられぬ！』

『何に失望したというのだ？』

『それは……ええと、今から考えるとして！　おいっ！　魔王様捜索《そうさく》隊から何かいい報告はないのか？』

ベリアルは捜索隊の報告を、同席していた部下に問う。

『はっ！　まだ手掛かりは掴めぬとのことです！』

『はぁぁこの一大事に！　……何故だ。何故急に魔王様は消えてしまわれたのだ！』

『引き続き、魔王様の捜索を続けること！』

メフィストに言われ、部下が頷く。

『はっ！　人族はどうしますか？』

『今はそれどころではない！　魔王様を見つけるのが先だ！』

『もしや……魔王様は、例の人族のグループに消されたのでは……⁉』

ベリアルは不安になる。

『それはまさか、トリプルSのフェンリル達のことか？』

　メフィストも不安顔だ。

『ああそうだ……一瞬でバフォメット達を消したと言われている、フェンリルだ！』

『フェンリルの仲間には、ケルベロスとグリフォンのトリプルSが居たという情報もある……』

『トリプルSのグループ……それが本当なら、我等魔族に勝利などないだろうな』

　三人全員が頭を抱える。

　まさか尊敬《そんけい》する魔王様が、危険なトリプルSのフェンリル達と一緒に楽しく旅をしているなんて……思いもしない魔族達だった。

番外編　大賢者カスパールと可愛い孫達

これは遥か昔、大賢者カスパールが生きていた頃のお話。彼が愛しい孫達と出会い、そして別れるまでの物語である。

★　★　★

ワシは、生まれた時から魔法の才能があった。そしてその才能だけに頼らず努力もした。努力と思ったことはない。新しい未知の知識を得ることがただ楽しかった。知識を増やし、新しい魔法を得ることとは喜びそのもの……幸せじゃった。

じゃが……ワシは新しく得る物がとうとうなくなってしまった。

この世界の魔法や知識……その当時学べる全てを修得《しゅうとく》してしもうたのじゃ。

ワシはいつの間にか、この世界で最強の賢者になっておった。

皆ワシのことを、大賢者カスパールと呼ぶ。

ワシはただ新しい知識や魔法を、必死に修得しただけじゃのに……。

魔王討伐も国王に頼まれ、勇者達に同行した。初めは少し期待したが、得るものなど何もなかった。ワシの心を満たしてはくれんかった。

もうこの世界で、得られるものはないのかもしれない……。

そう悟った時、ワシは、心にポッカリと穴が空《あ》いたように、何も感じなくなってしもうた。

ワシは一人でのんびり隠居《いんきょ》しようと考えた。

それでも、人々はワシのことを神のように崇《あが》め、集まって来る。これでは何も落ち着かん。

ワシは人から離れて、山奥でひっそりと隠居することにした。

★　★　★

隠居を始めてから数十年が過ぎた。人里での暮らしに飽きたワシに、山での暮らしは様々な発見をもたらした。魔獣や魔物といった生物は、解明されていないことがまだ多く、彼等との触れ合いは好奇心を誘う。長い年月をかけて、ワシの心は癒されていった。

「今日は何をしようかの？」

ワシの最近のブームは、グリフォンの赤子達の成長をコッソリ覗き見ることじゃ。

この前、森の散歩中に偶然、グリフォンの赤子達が産まれる貴重な瞬間に出くわしてしまったのだ！　ワシは細心の注意を払い、気配を消して出産を見守った。

すると、なんと！　三匹も可愛い赤子が誕生した。

ああ……あの時は、心が久々に震えたのう。

「ふむ、今日もグリフォンを見に行くかの？」

ワシは気配を消し、グリフォン親子が暮らす、森の奥にある秘密の場所へと向かう。

フンフフーン♪

「む？」

巣に辿り着いて気づいたが、三匹居るはずの赤子が二匹しか居らん！　何⁉　どーいうことじゃ？

何が起こったんじゃ？

ワシは、残った二匹のグリフォン達の念話に耳を傾《かたむ》ける。

――母上が居ない時に、大きな顔が三つある魔獣がやってきて、三番目を連れて行った……アイツはトロくさいから。

――母上は三番目を助けるって何処かに飛んで行って、帰って来ない。……怖い。

――大丈夫なの？

――母上、三番目……！

何と⁉　三つの顔とは、ケルベロスか！

これは面倒なことになったぞ。ケルベロス、彼奴の性格は意地悪くて醜悪《しゅうあく》だからの。

何処に居るのだ⁉

気配探知……ワシは細心の注意を払い、グリフォン達の居場所を探る。

「二つの大きな気配がする。この岩山じゃの！　……ここはケルベロスの住処じゃ……む？　気配の一つが死にかけておる？　これは危険なのじゃ！」

ワシは転移魔法で、急いでケルベロスの住処へと移動した。

「こっ！　これは……なんと酷い……」

目の前にはボロボロで、今にも死に倒れそうなグリフォンが必死に立っていた。

一方的にグリフォンがやられておる！

何故じゃ？　グリフォンの方がケルベロスより強いはずじゃのに！

――早く私の子供を返せ!!

――お前が俺の攻撃に耐えられたら返してやるって、さっきから言ってるだろ？　クックッ！

――先程からずっと何度も耐えておるではないか！

――ぐはは、まだまだそれぐらいじゃ足りない！　お前が生きて帰れたらの話だがな。

なっ……何と卑怯《ひきょう》な！　赤子を人質《ひとじち》に一方的にグリフォンを痛めつけておる！

ん？　赤子も死にかけてはないか!?　あんなに小さな赤子にまで手をかけたのか？

ワシが見つけた可愛い赤子達……。成長を見るのが楽しみじゃった可愛い赤子。

それを……なっ……!?

あの赤子の傷は、わざと死なんようにつけられておる。

痛みだけ味わわせて……！

「許せぬ！」

ワシは今まで感じたことのない怒りを覚えた。気が付くと、ケルベロスに最大級の魔法を放ち、倒していた。

グリフォンは、突然現れたワシにビックリして固まっておるが、ワシの怒りは収まらぬ。

ふむ……ケルベロスめ、まだ死んでおらんの？　赤子の痛みはこんなものでは済まされぬ！

ワシはケルベロスが死ぬ前に回復魔法で癒して、攻撃魔法で痛めつけることを、何度も何度も繰り返す。

何度目かに蘇《よみがえ》らせた時に、ケルベロスは恐怖で失禁し、気絶した。

我に返ったワシは、自分のしたことを少し反省した。やり過ぎたのじゃ……。

ワシは慌ててグリフォンの親子に近寄る。もちろんリザレクションの魔法で回復してやったから、赤子も親も元気じゃ！

グリフォンは急に現れたワシに回復され、戸惑っておる。

――あの、貴方様は？

「ワシか？　カスパールじゃ！」

グリフォンは驚き、すぐに敬意《けいい》を払い平伏《へいふく》した。

――貴方様が、かの有名なカスパール様！　ありがとうございます！　ケルベロスに逆《さか》恨《うら》みされ困っていたところにこのような事態。子供と私まで助けていただき、本当にありがとうございます。

グリフォンが深々とお辞儀をする。

「いやいや……？　大したことはしておらんよ。実はの？　其方の赤子達は産まれた時からワシが勝手に見守っておったのじゃ……其方の子供はワシの可愛い孫のような存在じゃ……！」

グリフォンはワシの言葉に瞳を潤《うる》ませ喜んでいる。

――カスパール様に恥を忍んでお願いがあります。

「ほう？　何じゃ？」

――この子をカスパール様に育てていただけませんか？　私達はこの後グリフォンの里に帰ります。グリフォンの里に帰った時に、この子はケルベロスに穢された子と蔑《さげす》まれると思うのです。私なら耐えられます。しかし、この子はまだ幼い。そんなことになるなら……！

高貴なるグリフォンの一族は負けを嫌うからの……こやつのせいで親が怪我を負って負けたとなると……一族からは村八分《むらはちぶ》扱いだろうのう。

ワシは少し考えた後にグリフォンに返事をした。

「分かった！　ワシが育てよう」

——ありがとうございます！　助けていただいた上にこのような願いまで！　本当にありがとうございます！

「安心せい！　ワシに出来る限りのことを、この子に教えてやろうぞ！」

ワシはこの歳でグリフォンの子供の親代わりになった。親と言うより、祖父《そふ》かのう。


さて、赤子を家に連れて帰って来たのは良いのじゃが……この家には何にもないのう。

赤子には何が必要なんじゃ？　必要な物が全く分からぬ。

ワシはとりあえずベッドに赤子を寝かせた。

「フフッ、気持ち良さそうに寝ておるのう」

グリフォンは何を食べるのかのう？

我等と同じで良いのかの？

野生の動物を食べているのを見たことはあるが、それしか食べられんのか、植物も食べられるのかなど、詳しいことは知らん。元々、魔法にしか興味がなかったからのう。

聞こうにも、こやつの親はグリフォンの里に帰ってしもうて聞けないしのぉ。

「!!」

そうじゃ！　いいことを思いついた。彼奴に聞いてみよう！

ワシはある場所へ早速転移した。

――ヒッヒィィィーッ！

「もう何もせんからビビるでない！　お主に質問があって来たのじゃ！」

ワシは同じ魔獣のケルベロスに聞いてみようと、また戻ってきた。

――だっ、大賢者カスパール様があっしに何の御用で？

ケルベロスは先程の勢いなど全くなく、ワシに気に入られようと必死じゃ。三つある内の一つの顔が喋る。

「ワシは先程の赤子を育てることにしたんじゃ！」

――カスパール様がグリフォンの子供を？

別の顔も目を丸くし、驚きを隠せない。

「そうじゃ！　ワシは魔獣が何を食べるのか知らぬ！　じゃからの、其方に教えてもらおうかと思うての」

ケルベロスがニヤリと悪い顔で笑う。

――グリフォンの好物は……。

「毒を好物とか教えたらどうなるか、分かっておるの？」

――ヒッヒィッ！

図星《ずぼし》だったようじゃ。まあ、大体何を考えているのか、顔に出ておるからな。

ずっと黙っていた、右端の顔が答える。

——私達魔獣は、雑食なんで何でも食べます！　嫌いな物なんてありません！

「ほう……ワシと同じで良いのか。ふむふむ」

——あっそう言えば、この前人族に使役《テイム》されていた奴から聞いたんですが、人族の街には魔獣用品の専門店があるそうですよ！

「何と！　専門店などあるのか！　知らんかった。それは行ってみたいのう」

よし、街に買い物に行くか！

じゃが家に赤子だけ置いて行くのは心配だのう。ふうむ……？

——なっ何であっしまで一緒にカスパール様の家に来たんでしょう？

——そうよっ！　ここに連れて来て私は何をさせられるの？

——俺は何をやらされるんだ⁉

ワシの家に連れて来られ、ケルベロスの三つの顔が各々恐怖と驚きを隠せず、キョロキョロと周りを見渡し困惑している。

「赤子が目を覚ました時に一人だと不安であろう？　ワシが帰って来るまでお主が赤子を見よ！　あっそうだの……その見た目だと、お主がしたことを思い出して赤子が怖がるのう」

ふうむ……何が良いかの？
パチンッ！
ワシが指を鳴らすと……！
『ひゃっ何⁉　わっこの姿？』
『あっしが……⁉』
ケルベロスはとっても可愛い人族の女子に姿を変えた。
しかも三人に増えた。ワシの魔法の力で、人の言葉も話せるようにしてある。
『なっ、あっしが人族に！』
『俺が……まぁいいか……うむ』
『ふうん？　可愛いじゃない』
このケルベロス達、顔によって性格が違うらしく、それぞれの個性がかなり強かった。
「ではの！　ワシは買い物に行って来るからの！　任せたのじゃ！」
『『『はーい』』』
元が単純な奴等だからなのか、ケルベロス達は大人《おとな》しく言うことを聞くのじゃった。
ワシはドヴロヴニク街に転移した。この国で一番栄《さか》えておる城下街じゃ。
久しぶりに街に下り、驚いた。

「何と！　ワシが来ない間にこんなにも変わっていたのか？」

何十年かぶりに来た街は、すっかり様変《さまが》わりしていた。

「凄いのう。これじゃあ魔獣のお店も何処にあるか分からんのじゃ」

ワシは好奇心を抑《おさ》え切れず、街をウロウロと探索する。

見たこともない食べ物が沢山ある。

んっ？　何じゃ⁉　いい匂いがする！

匂いにつられて歩いて行くと、そこには新しい甘味が売られていた。

「へいっ！　いらっしゃい！　このパンケーキは王様にも献上された、今この街人気の食べ物さっ」

ほう、王様が食べるパンじゃと？

ふうむ。

「一枚貰おうかの！」

さすがに貨幣《かへい》は変わっておらず、助かったわい。ほくほくのパンケーキを早速食してみる。

なっ⁉　何じゃこの美味さは⁉

これは是非《ぜひ》とも、赤子に食べさせてあげたいのじゃ！

「店主よ！　この王様のパンとやらは、どうやって作るんじゃ？　早く教えるのじゃ！

早く」

ワシが必死に頼み込むと、店主は慄《おのの》き、少し震えながら答える。

「あっあわっ……あっちの食品店で粉を売ってるよ！　作り方は……」

「なるほど！　それならリシでも作れそうだの」

ワシは食品店で材料の他に、店主オススメのチョコレートやシロップなども買った。かけると更に美味いらしい。

凄いのう！　ここまで食が進化しておるとは！　新しい発見じゃ。たまには街に降りてみるのも大事だの。

そして肝心《かんじん》の魔獣用品の店は？　おっ！　ここにあった。【デボラのお店】か……入ってみるかの。

扉に手を掛け、中に入る。

「いらっしゃい。何が欲しいの？」

中には赤い髪色の美しい女性がカウンターに立っていた。

「ほう……珍しいのぉ。エルフが店主か」

ワシがそう言うと、驚きを隠せない店主。何故ならその姿は、どう見てもエルフの見目《みめ》をしていないからだ。

「なっ！　何でそれを？　人族なんかに見破《みやぶ》られるなんて……私をどーする気だよ！　貴

族に売り飛ばすのか？」

「何でワシがそんなことをするのじゃ！　早う、魔獣のアイテムを売ってくれ！」

「だってお前達人族は、エルフを見るとすぐに捕まえて、奴隷《どれい》扱いするじゃないか！」

「ワシは奴隷など興味はない！　早う商品を見せろと言うておるのに！」

「……………」

自分に全く興味を示さないワシに驚き、呆《あき》れる店主。

「ふふっ面白い人族も居るもんだな……ねぇ！　名前教えてよ！」

「ふうむ？　ワシか？　カスパールじゃ！」

「なっなっ……大賢者カスパール様⁉　有名人じゃないか。そりゃ私の変身を簡単に見破るはずだ！」

「じゃから！　早う商品を見せろと言うとるのに……！」

「あははははっ。せっかちな男はモテないよ？　はいはい……で？　どんな魔獣に買うの？」

「グリフォンの赤子じゃ！　ふふふっ可愛いぞ」

「グリフォンの赤子⁉　さすが大賢者様は、使役《テイム》する魔物のレベルが違うね」

「使役《テイム》などしておらん！　ワシの孫じゃ！」

「………孫？」

デボラは怪訝そうにしたが、それならと品を見せてくれた。

「鳥類の魔獣はね、キラキラしたものが好きだよ。これなんかどう？　ネックレス。喜んでくれると思うよ！　一度だけ全魔法の効果を無効に出来るし、状態異常無効の付与も付いてるよ！」

　店主はカウンターにネックレスを並べる。

「ほう……キラキラしておるの。こういうのが好きなのか」

「お値段、金貨二百五十枚！」

「安いの！　買おう！」

　ドサッ！

　ワシは金貨の入った袋を置いた。

「ではの？　また来るのだ！」

　そう言い残して、ワシは転移する。

　別れ際《ぎわ》に、

「せっかちな上客ゲット〜！」

　というような声が聞こえたが、今のワシは早くグリフォンにネックレスを見せたい一心で、気にもならんかった。

「ただいま帰ったのじゃ！」

家の扉を開けると、ケルベロス達がこちらを向いた。その近くにはベッドがあり、グリフォンの赤子が体を起こす。

『カスパール様！　お帰りなさい。今さっき目が覚めたところ！　はじめは親を探してたけど、私が事情を説明したわ』

『何か……自分がしたことだけど、可哀想なことしちまった……』

『俺達は反省したよ』

ケルベロス達が口々に反省の言葉を話す。

どうやら自分達のせいで赤子が親グリフォンから離れ、独りぼっちになったことを理解したようだ。

赤子はワシを見るなり、もじもじした。

――あのう……僕を助けてくれてありがと。あのっ……。

ぐぅぅ～っ。

赤子のお腹の音が部屋に鳴り響く。

「ククッ、お腹が空《す》いたのじゃな！　王様のパンとやらが街では流行っていての！　今からワシが作ってやる！」

――王様のパン？　凄いカッコいいね。

『さすが大賢者様！　飯のスケールもデカいっすねー』

「ふふふ！　楽しみに待っておれ」

ワシは喜んで食べる赤子を想像し、ニマニマと笑いながら料理を始める。

材料を混ぜて鉄板にバターを引いて……後は混ぜたものを焼くだけ、じゃったな。

ふふ……見ておれ？　あまりの美味さにビックリするぞ。

しばらくしてパンケーキを裏返すと……。

「なっ何でじゃ？　真っ黒になって、中は焼けておらん……」

不格好なパンケーキにワシは唖然《あぜん》とした。うーむ、近頃は、自分の好きなものしか作っておらんかったからな……料理の腕が落ちておる。

そんなワシに構わず、ケルベロスと赤子はワイワイと注目する。

『これが王様のパンか！』

『へぇ、黒いのか』

「いやっこれは……その……」

このワシが失敗したなど言えぬ！

口を濁していると、赤子がパクリとパンケーキを食べた。

――ちょっと苦いけど、すっごく美味しい！　大賢者様ありがとう。

失敗作を美味しいと食べるグリフォンの赤子。その姿を見たワシは……。

「赤子……」

ふぬぅっ、むっ、胸がキューッとなって苦しい！

何じゃ？　この胸の初めての感覚は……新手《あらて》の心臓病か⁉

とりあえず明日はあのパンケーキ屋に修業に行こう。ワシは心に誓った。

その晩、ワシがネックレスを贈《おく》ると、赤子はとても喜んだ。こんなに喜んでくれるなら、また買ってやりたい。そんな気持ちが湧《わ》いてきたのじゃった。

★★★

「中々覚えるのが早いじゃねーか！」

「ワシに出来ぬことはないのじゃ！」

翌日、ワシは王様のパン屋に修業に来ていた。天才のワシならすぐに免許皆伝《めんきょかいでん》じゃのう。

「パンケーキ一枚ちょーだい！」

爺さんと可愛い女の子が店に買いに来た。

店主がワシの作ったパンケーキを渡す。

何かドキドキするのう。

ワシは二人の様子をじっと見守る。

「美味いかい？」

思わず聞くと、女の子が大きく頷いた。

「うん！　ウフフ、じいじありがとう、また買いに来ようね。じいじ大好き！」

自分の作ったパンケーキを美味しそうに食べる客の姿を見て、ワシは自然と頬が緩む。

ふうむ……これは嬉しいの。

一日働いた後、ワシは店主に礼を言った。

「店主よ！　世話になったの！　これはお礼じゃ！」

「えっ？　あっわ！　金貨百枚⁉　おいっ⁉　こんなに貰えねーよ！」

「ワシにはそれだけの価値があったのじゃ！　貰ってくれ！」

ワシは押し付けるように金貨を店主に渡すと、家に帰った。

今日こそ美味い王様のパンを食べさせてやれるのう。赤子が喜ぶ顔が目に浮かぶわい。

さっきの子供みたいに「じいじありがとう……」とか言うてくれるかの？

「フフッ」

想像するだけで自然と笑みが溢れる。

うぬっ……またじゃ⁉　胸がキューッと……！

なんじゃこれは？　赤子を一人前に育てる前に死ぬ訳にはいかんのだ。頭を振って、ワシは調理場に立った。

早速、可愛い孫に王様のパンを披露《ひろう》する。

――美味い！　凄く美味しいよ！　カスパール様！

赤子の反応が嬉しくてたまらないわい。こうなると欲が出る。

「赤子よ？　ワシのことは『じいじ』と呼ぶんじゃよ？　分かったの？」

――じいじ……？

はうっ……！

――じっじいじ大丈夫⁉

はわっ……！

「だっ大丈夫じゃっ……」

知らんかった。可愛過ぎて苦しくなることがあるんじゃの……ビックリしたわい。

『何やってるのよカスパール様……』

ケルベロス達が呆れて見ておる。

「三号！　うるさいのじゃ！」

ワシはややこしいから、ケルベロス達に一号、二号、三号とあだ名をつけた。

それからというもの、ワシは赤子に様々なことを教えた。知識はもちろんのこと、体を動かすことや、魔法のこと。赤子は常に一生懸命《いっしょうけんめい》じゃった。

「今日は魔法の練習をするぞ！」

赤子が張り切って手を挙《あ》げる。

——はーい！　じいじ、俺、頑張るねっ！

はうっ……！　可愛いのう。

『ククッ、爺さん喜んでるぜっ？』

そばで見ていた一号がワシを揶揄《からか》いおった。

「ほう……ついでにお前達も鍛《きた》えてやろうかの！」

『ヒィイーッ』

……と、こういう具合に、ワシとこやつ等の日々は続いていった。


それがしばらく続いたある日のこと。今日は修業ではなく、別の予定を立てていた。

「赤子よ。最近修業を頑張っておるご褒美に、素敵なお店に連れて行ってやるぞ！」

——やったー！

ワシは赤子を抱いて、ある店の前に転移した。

字が読めるようになった赤子が、ゆっくりと店名を読み上げる。

——デボラのお店……？

「そうじゃ。カッコいいものがいっぱいあるぞ」

ワシは扉に手をかけ、中に入る。

──うっうわー⁉　凄い！　キラキラがいっぱいだ！　はわ～。

赤子は興奮気味に瞳を輝かせて、商品を見ておる。

「クックッ」

連れて来て良かったの。

実は、この店にはあれから何度か来ておって、ワシはすっかり常連客となっておった。

デボラはワシを見ると表情を緩める。

「いらっしゃーい。あら今日は可愛いお孫さんも一緒なのね」

「今日はの？　例の物を見せてくれ」

「ああ？　前に、『高貴な人に人気』って話してたやつ？」

「高貴！　そうじゃ！」

「オススメはこの辺かな？」

そう言ってデボラは、何種類かアクセサリーをカウンターに載せ、見せてくれた。

「赤子よ。気に入ったのはあるかの？」

──どれもカッコいい……！

「そうじゃろそうじゃろ」

──でも！　これが一番綺麗だ！　じいじの目と同じ紫色！

赤子はそう言って、紫色の魔石がついたネックレスを気に入った。

はうっ……赤子よ。

ワシはつい胸を押さえる。

「クスクス……何やってんのよ！　カスパール様」

デボラは苦笑してこちらを見ておる。

くぅーっ、可愛くて苦しいのじゃ！

「あっ！　じゃあカスパール様も同じのをつけたら？　この石だけ、グリフォンの目と同じ青色のものに変えて」

ほう……ワシが赤子の目の色の石を？

良い考えだと思ったワシは、試しに赤子と自分にネックレスをつけた。

「いいじゃない！　オソロ！」

ワシ等の姿を見たデボフは、大絶賛《だいぜっさん》じゃ。

ふと、ある言葉が頭に浮かんだ。

「オソロ……高貴なるオソロ……」

——じいじ？

「高貴なるオソロ！　気に入ったのじゃー！　いくらじゃ？」

「毎度あり～！　金貨五百八十枚です」

デボラの奴め、商売人らしくしめしめとほくそ笑んでおるわい。

「安い！　買った！　それと、ちょっと頼みがあるんじゃが……」

ワシがある頼み事をすると、デボラは頷いて、袋をいくつか渡してくれた。

「ではの？」

ワシは赤子を連れて、ほくほくで家に転移した。


『お帰りなさい。いいのありました？』

出迎えてくれた三号に、ワシは高貴なるオソロを見せた。

『あらっ！　素敵。良かったねグリフォン』

――うん！

「お前達にもあるんじゃよ？」

ワシはケルベロス達に、カッコいいネックレスを渡す。

「お前達も頑張っておるからの！」

『私達にまで？　カッ、カスパール様、ありがとうございます！』

ケルベロス達が泣きながら抱きついてきた。

「なんじゃ！　泣くほど欲しかったのか？　言うてくれたら買ってやるのに……」

ワシがそう言うと、ケルベロス達は微妙《びみょう》そうな顔をしたが、黙って笑うのみじゃった。

ある日、赤子がワシにテイムして欲しいと言って来た。

最近友達になったというカーバンクルから、使役《テイム》の話を聞いたらしい。

――使役《テイム》されたらね！　じぃじと俺が繋がるんだって！　凄く幸せなんだって！　だから俺も使役《テイム》して欲しぃ！

赤子は余程興味を持ったのか、興奮気味に話す。

赤子からのお願いじゃというのに、ワシは沈んだ気分になった。

「すまんのう赤子よ。ワンのジョブは賢者なのじゃ……魔物使いでないから、ワシは使役《テイム》出来ないんじゃよ」

――そんな……っ、じぃじと俺は繋がれないのか？　うっうわ～んっ……うっうっ。

『どーしやした？　急に泣き出して！』

一号が赤子の様子を気にし、見に来た。

「ワシが悪いんじゃ……ワシが使役《テイム》できんから……」

肩を落として説明すると、一号がキッとこちらを睨んだ。

『何を言ってるっすか！　不可能を全て可能に変えてきた大賢者カスパールが、弱音《よわね》を吐くなんて……!!　そんなのらしくないっすよ！』

「!!」

そうじゃ！　ワシに出来ぬことなどない！　使役《テイム》魔法を作ればいいのじゃ！

「ありがとう一号、ワシは目が覚めたのじゃ！」

それからのワシは何年も努力した。楽しかった……赤子は新しいことを学ぶ喜びまでもワシにくれた。

そしてワシは、ついに使役魔法《テイム》を完成させた。

「やったのじゃ！　完成した。ワシの新しい魔法じゃ！　赤子よ！　出来た！　出来たのじゃ！　今から使役《テイム》するぞ！」

ファッサッ！

美しいグリフォンに成長した赤子が、空から飛んできた。抱っこしていたのが懐かしい。

今はワシが背中に乗っておる。

――じいじ、完成したのか⁉　やっと俺はじいじと繋がることが出来るんだな！

「そうじゃ！　ではいくぞ！」

《テイム》

眩い光が放たれる。キラキラと美しい……。

「綺麗じゃの……沢山の星が集まっているみたいじゃ」

光が収まると……キラキラした瞳の赤子が立っておった。美しいのう。

――じいじ、名前をつけてくれ。

「お前の名前はスバルじゃ！」

『スバル……俺は今日からスバル！』

星の集合体のことを『スバル』と呼ぶと、本で読んだ。

キラキラした赤子にはこの名前がピッタリじゃとワシは思った。


それからのワシ達は色んな冒険をした。

スバルの背に乗り、何処へでも飛んで行く。

ワシはいつしか転移の魔法は使わなくなったのじゃ。

二人で色んな所に飛んで行った。たまには一号、二号、三号も連れ、みんなで冒険もしたのう。ケルベロスの三人も使役《テイム》して、特別な名前もつけた。照れ臭くて、たまにしか呼べないがのう。

そうそう、たまたま見つけた青い洞窟は綺麗じゃったのう。また見に行くとしよう。

『……主！』

一緒に魔王も倒しにも行ったの。あの時は成長したスバルや一号、二号、三号達が強過ぎて話にならんかった。

ふふ……ワシの出番はなかったのう。いい思い出じゃ。

『主！　イヤだ！　置いて行くなよ！』

スバルの声が聞こえて、ワシは目を覚ました。旅に出ておったつもりじゃったが、家のベッドで夢を見ていたらしい。窓の外には、今日も澄《す》んだ青空が広がっておる。

ふと、皺が刻まれた手が目に入った。もう年じゃからな。スバル達と出会ってから、気づけば百年も経っておった。

横を見れば、スバルに一号、二号、三号……全員揃ってワシを覗き込んでおる。

ん？　なんじゃ？　スバル？　泣いておるのか？

フフッ！

赤子の時みたいじゃの……。

『主！　あるじ！！！』

『『カスパール様‼』』

ワシはスバルやケルベロス達と出会えて、幸せじゃったなぁ。

『……じいじ。イヤだよ！　じいじ！　お願いだ！　俺も連れて行ってくれ！』

ああ、久しぶりにじいじと呼んでくれたの……嬉しいの……。

『じいじ！　じいじ‼　じいじ！』

そうか。色々と昔のことばかり思い出すと思うたら、ワシはもう死ぬのじゃな……体が動かん。泣くスバルを撫でてやりたいのに、手が動かん。

ああ、本当に幸せじゃった。

「スバル……ワシの可愛い孫よ……一号、二号、三号、いや、暁、樹、奏。ワシに付き合ってスバルを見てくれてありがとうの。お前達も可愛い孫じゃ」

『じいじ……』

『カスパール様』

「ワシは幸せじゃった、ありがとうな。皆大好きじゃ……ワシの可愛い孫達」

『イヤだぁー！　じいじ！　死ぬな！　お願いだから！』

『『カスパール様！　死なないでぇ』』

こうして、ワシの幸せじゃった人生は幕を下ろした。

スバルがまたいい主と出会えることを祈る……。

★★★

別れを告げた主のそばで、俺――スバルはそれを受け止められずにいた。

『スバル！　いつまでカスパール様に抱きついているの？』

『もう無理なんだよ！　何しても……』

三号と二号がそう言うが、俺の気持ちは収まらない。

『そんなこと、分かんねーだろ？　三号！　リザレクション使って生き返らせてくれよ！』

『リザレクションは、寿命《じゅみょう》で死んだ人を生き返らせることは出来ないわ……怪我や病気の人だけよ』

『そんなの！　分かんねーだろ！　なぁ！　お願いだよ！　リザレクションかけてくれよ！』

三号は仕方ないとばかりに口を開いた。

《リザレクション》

『もう一回だ！』

《リザレクション》

『もう一回！』

《リザレクション》

《リザレクション》

《リザレクション》

二号が俺達の間に割って入る。

『もうやめろ！　三号が魔力切れ起こして倒れちまうだろ！』

『……だって俺の主が……いつも優しく頭を撫でてくれた手が動かない。スバルって呼んでくれない……』

『私だって……会いたいわよ！　こんな腐《くさ》った私達を大事にしてくれ……愛情を教えてくれたカスパール様に』

『俺だって……もっとバカな話をしたかった。屑《くず》な俺達まで使役《テイム》してくれた優しいカスパール様』

『あっし達の主……カスパール様』

ウワァァァーッウグッ！

この時、俺はようやく分かった。もう主は、じいじは戻ってこないのだと。

俺達はみんなで主の体に、浄化と永久保存の魔法をかけ、生きている時のままの状態にした。

顔がいつでも見えるように透明のケースに入れる。

主は気持ち良さそうに眠っているみたいだ。

さらに家に結界を張って、自分達以外は誰も入って来られないようにした。

ケースに入った主を見る。

『眠ってるみたいだな。目を覚ましてスバルって呼んでくれねーかな……』

俺がそう言ったのを皮切《かわき》りに、みんな口々に寂しさを口にした。

『何で人族はこんなにも寿命が短いんだよ！』

『人族にしては長生きしてくれたよ。私達のために寿命を延《の》ばす魔法まで作って、二百五十歳まで生きてくれた』

『そうだな……でも寂しいよ』

『王様のパンケーキの取り合いも……もう出来ないな』

俺は胸が痛くてたまらない。

『主が死ぬってこんなにも苦しいんだな』

『大丈夫。私達はカスパール様と繋がってるわ！　ほら見て？　カスパール様が、みんなの色が入った、高貴なるオソロのブレスレットを考えて作ってくれた』

三号がブレスレットを見つめる。

すると他のみんなも、主の腕にはまっている、ブレスレットを見る。魔王討伐の少し前に、主がデボラに頼んで作らせたものだ。

ブレスレットには、主の瞳の紫、俺の瞳の青、ケルベロスの瞳の赤と同じ色をした魔石がついている。主が自《みずか》ら探してくれた大切な魔石だ。

『高貴なるオソロだな……』

俺が呟くと、みんなが自分のブレスレットを見る。

『カスパール様……』

『なぁ？　一号達は元のケルベロスの姿に戻らないのか？　主に教えてもらって、変化の魔法も使えるだろ？』

俺は前々から不思議に思っていたことを聞いた。

三号が寂しそうに微笑む。

『私達はカスパール様が与えてくれたこの姿を気に入ってるの。戻るつもりはないわ』

『だな！　人族の街にこの姿で行くと、みんなサービスって言って、オマケをくれるしな』

『もう！　何よそれっ、私がいいこと言ったのに台無し！』

『あははは っ』

一号の冗談で、場が少し明るくなった。

こうして、主が死んだ後も、俺とケルベロス達はカスパール様の家に住んでいる。

もうここが俺達の家だ。


それからしばらく経った日のこと。

いつもより遠くを散歩していると、初めて見る綺麗な白銀のフェンリルがいた。お腹を空《す》かせているみたいだから、昔主と一緒に行った秘密の果樹園に連れて行ってやる。

フェンリルはキラキラした目で、「美味い美味い」と食べていた。何か嬉しいもんだな。

しかも、俺の高貴なるオソロのネックレスとブレスレットもカッコいいって褒めてくれた。コイツはいい奴だ！

また遊んでやってもいいな。

あとがき

皆様こんにちは。作者の大福金です。

この度は文庫版『お人好し底辺テイマーがＳＳＳランク聖獣たちともふもふ無双する２』を手に取っていただき、ありがとうございます。

ありがたいことに早くも二巻の刊行となりました。


本作の見所は、なんと言っても魔王になった大賢者カスパール様ではないかなと思っています。このキャラは初めはスバルたちの元主というだけの存在だったのに、いつの間にか主要キャラへと仲間入り。自己中なのに、何故か読者様に愛されている人気キャラにまで瞬《またた》く間に成長を遂《と》げました。

私もカスパール様は書いていて一番楽しかったりします。

皆様はいかがでしたでしょうか？

どのキャラクターが好きなど、ご意見がありましたら、お気軽に感想などをいただけると嬉しいです。

さて、私の近況報告なども少しお伝えしますと、最近面白かった出来事として、自宅で飼《か》っているもふもふ――愛犬ポメ様に妙な変化がありました。

というのは、これまでは「わんわん」と普通に吠《ほ》えていたのですが、どういうわけか私を呼ぶ時だけ、ここのところ「ホンゲッ、ホンゲ」と言うようになったんです。

私の耳が変になったわけでも、ポメ様の体調がおかしくなったわけでもないので、その鳴き声を聞くと、ついつい笑ってしまいます。

何故、ホンゲになってしまったのか……。

是非、事の真相をポメ様に聞いてみたいところです。

最後になりますが、最高の装丁や挿絵を描いてくださったイラストレーターのたく様、出版にあたり力を貸していただいたアルファポリスの編集者の皆様、そしてティーゴたちを応援してくれている読者の方々に、心よりお礼を申し上げます。

それではまた、次の三巻でお会いしましょう。

二〇二四年一月　大福金

「銀座編」大好評発売中！
累計700万部(電子含む)突破！
ゲートSEASON1～2
大好評発売中！
コミックス
最新24巻
大好評発売中！
SEASON1　陸自編
単行本
●本編1～5／外伝1～4／外伝+
●各定価：本体1,870円(10%税込)
文庫
●本編1～5〈各上・下〉／
外伝1～4〈各上・下〉／外伝+〈上・下〉
●各定価：本体660円(10%税込)
漫画
漫画：竿尾悟
●1～24(以下、続刊)
●各定価：本体770円(10%税込)
SEASON2　海自編
単行本
●本編1～5
●各定価：本体1,870円(10%税込)
文庫
最新5巻
〈上・下〉
大好評発売中！
●本編1～5〈各上・下〉
●各定価：本体660円(10%税込)

大ヒット
異世界×自衛隊ファンタジー
ゲート0《ゼロ》
GATE:ZERO
自衛隊
銀座にて、
斯く戦えり
〈前編〉
〈後編〉
柳内たくみ
Yanai Takumi
ゲート始まりの物語
「銀座事件」が小説化!
20XX年、8月某日——東京銀座に突如『門（ゲート）』が現れた。中からなだれ込んできたのは、醜悪な怪異と謎の軍勢。彼らは奇声と雄叫びを上げながら、人々を殺戮しはじめる。この事態に、政府も警察もマスコミも、誰もがなすすべもなく混乱するばかりだった。ただ、一人を除いて——これは、たまたま現場に居合わせたオタク自衛官が、たまたま人々を救い出し、たまたま英雄になっちゃうまでを描いた、７日間の壮絶な物語——
●各定価：1,870円（10%税込）
●Illustration：Daisuke Izuka
自衛隊、
ついに状況開始!!

ネットで人気爆発作品が続々文庫化！

アルファライト文庫 大好評発売中!!

女神様を助けたお礼に、
経験値を毎月倍々に貰えちゃう!?
心優しき青年は、人々のお悩み事を

無限のスキルでサクッと解決！

無限のスキルゲッター！ 1～2

毎月レアスキルと大量経験値を貰っている僕は、異次元の強さで無双する

まるずし *maruzushi*　illustration 中西達哉

億超えの経験値でスキルを獲りまくり
異世界でのんびり最強を目指せ！

一生に一度スキルを授かれる儀式で、自分の命を他人に渡せる「生命譲渡」というスキルを授かった青年ユーリ。そんな彼は直後に女性が命を落とす場面に遭遇し、放っておけずに「生命譲渡」を発動した。ところが、なんとその女性の正体は神様の娘。神様は娘を救ったお礼にユーリを生き返らせ、毎月倍々で経験値を与えることに——。超絶インフレEXPファンタジー、待望の文庫化！

文庫判　各定価：671円（10%税込）

Tsuiho Ouji no Eiyu Mon!
追放王子の英雄紋!
追い出された元第六王子は、実は史上最強の英雄でした
Yukihana Keita
雪華慧太
vol.1
illust. 紺藤ココン
二千年前の伝説の英雄、小国の第六王子に転生!
アルファライト文庫
追放されて冒険者になったけど
この時代でも最強です
累計6万部!
ネットで大人気!!
かつての英雄仲間を探す、元英雄の冒険譚!

アルファライト文庫

この作品に対する皆様のご意見・ご感想をお待ちしております。

おハガキ・お手紙は以下の宛先にお送りください。

【宛先】

〒150-6019 東京都渋谷区恵比寿 4-20-3 恵比寿ガーデンプレイスタワー 19F
（株）アルファポリス　書籍感想係

メールフォームでのご意見・ご感想は右のＱＲコードから、
あるいは以下のワードで検索をかけてください。

アルファポリス　書籍の感想　検索

ご感想はこちらから

本書は、2022 年 2 月当社より単行本として
刊行されたものを文庫化したものです。

**お人好《ひとよ》し底辺《ていへん》テイマーがSSSランク聖獣《せいじゅう》たちと
もふもふ無双《むそう》する 2**

大福金（だいふくきん）

2024年 1月 31日初版発行

文庫編集－中野大樹／宮田可南子
編集長－太田鉄平
発行者－梶本雄介
発行所－株式会社アルファポリス
〒150-6019東京都渋谷区恵比寿4-20-3恵比寿ガーデンプレイスタワー19F
TEL 03-6277-1601（営業）03-6277-1602（編集）
URL https://www.alphapolis.co.jp/
発売元－株式会社星雲社（共同出版社・流通責任出版社）
〒112-0005東京都文京区水道1-3-30
TEL 03-3868-3275
装丁・本文イラスト－たく
文庫デザイン―AFTERGLOW
（レーベルフォーマットデザイン－ansyyqdesign）
印刷－中央精版印刷株式会社

価格はカバーに表示されてあります。

落丁乱丁の場合はアルファポリスまでご連絡ください。

送料は小社負担でお取り替えします。


ISBN978-4-434-33295-1 C0193